种太阳

刘祖光 著

北京联合出版公司
Beijing United Publishing Co.,Ltd.

图书在版编目（CIP）数据

种太阳 / 刘祖光著. --北京：北京联合出版公司，
2025. 8. --ISBN 978-7-5596-8461-5

Ⅰ. I25

中国国家版本馆CIP数据核字第 2025WT2940 号

种太阳

作　　者：刘祖光

出 品 人：赵红仕

选题策划：雁北堂（北京）文化传媒有限公司

责任编辑：牛炜征

特约策划：王　瑞

特约编辑：谢莉莉

封面设计：新艺书文化

版式设计：新艺书文化

北京联合出版公司出版

（北京市西城区德外大街 83 号楼 9 层　　　100088）

三河市金泰源印务有限公司印刷　　　新华书店经销

字数 174 千字　　　880 毫米 × 1230 毫米　　　1/32　　　9.25 印张

2025 年 8 月第 1 版　　　2025 年 8 月第 1 次印刷

ISBN 978-7-5596-8461-5

定价：48.00 元

目 录

楔 子

夜幕降临，一场超过五千名警察参与的"飓风扫毒"行动，在广溢市潮东县拉开帷幕——

特警、缉毒警、刑警……陆续抵达指定位置，他们并非直接到达潮东县，而是按照要求统一静默，在潮东县周边的镇子暂时集合，等待下一步的指令。

广勤省的毒情近几年已呈现为"消费、制造、集散、过境"四位一体的格局。全省登记在册的吸毒人员约占全国总吸毒人员数量的六分之一，毒品集散全国第一。"金三角"的海洛因通过越南流入，南美的可卡因从海路流入，阿富汗金新月地区的海洛因更是利用地理优势通过航路以及邮寄渠道流入本地。这些毒品在此处汇聚，然后分发至全国。更可怕的是，广勤本土的毒品制造，尤其是冰毒制造数量也是全国第一，特别是毗邻大海的潮东县，更是制毒大县。

潮东县的"三全地区"全东镇、全西镇、全营镇，宗族文

I

化浓厚，具有强烈的排外性，故虽坐拥良港，经济发展却一言难尽。"穷则思变"，这三个地方的一些人背靠出海之利，陆续到海外讨生活，出去的人中，有的学到了毒品的制作技术，回来后将技术传播扩散，带领全村人民走上畸形的"致富之路"。渐渐地，这些村子发展成了远近闻名的毒村，连村干部也参与其中……

此次行动，广勤省公安厅进行了周密的部署，在长达两年的时间里，缉毒警们操着地道的潮东口音，在毒情最为严重的"三全地区"重点摸排。除了化装侦查的警察们，还有经过巧妙伪装的无人机在毒村中反复巡逻、拍摄，警察们根据拍照情况进行细致的分析，做好标记，争取做到不错抓、不漏抓！

两年多来，上万次警力的秘密侦查，多次讨论的精密筹划，只为今晚的抓捕大行动。

此时此刻，两架直升机飞抵指定位置待命，机上的狙击手反复演练中，他们的目标是"三全地区"的两大"毒王"——蔡三金和马兰花。

蔡三金善于经营人脉，虽然文化程度不高，但为人精明，心思缜密，在当地收了很多小弟和帮手，他所在的全营镇遍布他的耳目，而他所在的村子陆远村背靠陆远港，港口中也停泊着大量渔船以及机动性能优良的"大飞"（快艇）。近年来，有多次针对当地的缉毒行动以失败告终，目标毒贩便是靠着"大飞"逃之夭夭。

这次行动，广勤省边防总队调来了船只，在海上待命。船长看着手表，从这里开船到陆远港需要两个小时。之所以不直接停泊于目标地点，依然是为了隐藏。毕竟港口中突然出现一艘大船，必会被人注意到。

凌晨时分，船长终于等来了命令，启动海警船朝陆远港进发。

广勤省公安厅厅长在总指挥部统筹全局。

潮东县外围静默的队伍开始按计划朝第二目标位出发。

副厅长在停靠于潮东县隐蔽处的指挥车内，严密关注着"三全地区"各个毒村的情况。

"全西镇安福村的林海洋开车出来了，抓不抓？"

"不抓！"

"全东镇湖南村的两名岗哨揪着一位过路的人盘问，管不管？"

监控画面上，两个痞里痞气的青年手里拿着刀，恐吓着一个中年男人。

作为指挥者，为了避免打草惊蛇，副厅长只能咬着牙说："不管！但要密切关注，如有危急情况，想办法阻止！"

负责监控的侦查员看那两个小伙子挥舞着长刀，令人震惊的是，在两个青年威胁戏弄路人的现场，还站着几个目测只有十一二岁的"观众"，那些孩子在一旁嬉笑，还有加油助威的。

如果他们没有得到正确的管教，那将来……

"报告！蔡三金开着跑车从陆远村里出来了！"

"什么？"

副厅长一脸凝重地盯着监视器。蔡三金是这次行动的重点抓捕对象，他这个时候出村，难道是听到了什么动静？

认真考虑过后，副厅长命令道："查一下他的同车人……"

"副驾驶上坐着一个小孩，十岁左右的样子，估计是他的大儿子。"

副厅长深吸一口气，下达命令："放他们走，跟得远一点，不要打草惊蛇。我判断蔡三金没有被惊动，不然他不会带着孩子。"

蔡三金开车到了镇上的高档KTV，这里是"三全地区"有名的销金窟，包厢保底消费两万，没有这个消费能力的人，老板根本不让进去。制毒、贩毒带来的巨额收入，催生了种种畸形消费，让"三全地区"物价飞涨，坚持走正道的老百姓苦不堪言。蔡三金出手阔绰，他把儿子蔡浩然交给老板，老板立即会意，让漂亮的领班带着蔡浩然去了KTV的贵宾区，给他端来好吃的好喝的，蔡三金则进入包厢，和朋友们娱乐。

直到凌晨两点，蔡三金才从KTV出来，招呼着玩游戏入迷的蔡浩然，开车回村。

吃饱喝足的蔡浩然坐在副驾驶上继续玩游戏，被蔡三金一把夺走平板电脑："来的时候玩，回去还玩，给你买平板是让你玩游戏的？是让你学习、上网课的！你现在成绩差得要死，还玩！"

蔡浩然不满地反驳："我玩枪你都不说，玩游戏反倒说了。"

"这个嘛——玩枪是技术，艺多不压身，你枪玩好了，就能闯天下，三斤猫可以打四斤老鼠，样样兜得转。将来我们家的生意要做到欧洲、美洲……枪搞得好就能闯这些地方，跟那种人做生意就得狠，不狠就只能吃风喝稀……"在蔡三金的概念里，小孩子玩枪没什么问题，玩游戏反而是玩物丧志，"你要在美国，我白天让你玩AK，晚上玩燃烧弹，都比游戏好玩。"

"嘁！我又没在那里，我妈说，再好听的话也不如摆在面前的咸鱼。"

"你妈……她头发长，见识短！"

蔡浩然觉得没意思，冷着脸不吭声。

蔡三金一看，儿子有情绪了，从口袋里掏出一把枪，讨好道："这把枪给你玩，里面没子弹。"

"我又不是没玩过真枪。"蔡浩然瞟了一眼，不情不愿地接过枪把玩起来。

到了陆远村村口时，蔡三金照例把车停在拐角处，然后点着一根烟，警惕地审视起周边的环境。

他拿起放在手刹旁的对讲机拨下号码，低声喊道："荔枝林，荔枝林！"

"三哥，我在！"

"有没有情况？"

"没有！"

"好好盯着！别睡觉。"

"三哥放心！"

接着，蔡三金又拨通另一串号码："山头，山头！"

"三哥！在呢！"

"情况如何？"

"晚上有几辆车在村口停了停，但很快就开走了。"

"好，注意着点，别打盹，我让其他兄弟给你们送去新买的鸭屎香，你们喝着提提神。"

"好嘞三哥！"

这里说的山头，是陆远村旁边的小海山，蔡三金在山的最高处安排了六个小弟轮流放哨，山顶的三个方向都架设了专业的望远镜，小弟们二十四小时监视山下的状况，吃喝用度有专人送上去。

蔡三金一一拨号将陆远村的岗哨全部查了一遍，才放心开车进村。

村子里很安静，有些房屋前面的空地上摆放着一堆堆像柴草一样的植物，其实内行人一看就知道，那是提炼过的麻黄草。蔡三金看到这些"柴草堆"很生气，他已经多次提醒村民一定要好好处理这些东西，可还是有人不在意，把它们乱放乱堆，不光惹眼，还影响村容村貌。

"唉，村民们有钱了，但素质还是低啊，一群土炮！"蔡三金埋怨道，"浩然，将来我送你到国外留学，这年代，有学识、有文化才是真功夫！你到时候一定要出息，最好回来就考个公务员，不用贪污，我帮你，你以后就当大官。等你当了大官，罩着我，我们自己挣钱自己花，多爽……"

蔡浩然一下一下地点着头，困得快要睡着了。

到了家门外，蔡三金停好车，牵着哈欠连连的蔡浩然回家，正准备关上大门时，他猛然回头。

"爸爸，怎么啦？"蔡浩然被蔡三金的反应吓了一跳。

"我感觉有东西从我们的头顶飞过去了……"

说完，蔡三金家的灯全部熄灭。

副厅长在指挥车内紧盯着无人机传回来的拍摄画面，面色凝重。

此次目标是对"三全地区"的七大毒村进行围剿，这些村子多由一个姓的人组成，大家沾亲带故，宗族势力极强，几乎家家户户都有武器，且房屋之间互有联结，抓捕难度大，行动时必须谨慎而迅速。

副厅长核对完队伍的情况，向坐镇总指挥部的厅长汇报："总指挥，所有队伍均已就位，行动的各方面条件已成熟，请指示。"

厅长一声令下："行动！"

顿时，五千名警察悄无声息地在黑夜中出现，除了专门负责每户居民的行动小组以外，还有几十个特别行动小组，负责清扫外围警戒力量。

小海山的山头上，由特警组成的行动小组悄悄地摸了上去……

荔枝林的棚屋中，几名放哨员正用荔枝木烤肉，殊不知，说说笑笑间，另一组特警已经将棚屋包围……

这一晚的陆远村充满了紧张的氛围。

一个岗哨似乎瞥见了黑暗中有什么东西闪现，他立即前去查看。但"呜呜"两声后，便没了动静。

另一个岗哨忙问："阿刚，什么情况？"

草丛中传来断断续续的呻吟，岗哨拎起土枪走过去，当他走到草丛里面时，他的瞳孔瞬间放大，正准备扣动扳机，一名特警从侧面扑来，"啪啪"几下，将其解决。

岗哨陆续被击晕拖走，村里无人惊醒，一切都在夜幕下悄然发生。

突然，直升机的轰鸣声划破了这片宁静，村里的狗纷纷狂吠起来。

凌晨四点，这是缉毒指挥部精心挑选的时间。警察们潜入屋内时，睡梦中的人即使被吵醒了，那一瞬间也是迷糊的。等那些人反应过来时，要么直接被控制住，要么没跑出多远就被包围了。

整个抓捕行动进行得非常顺利——当然，还是不可避免地响起了枪声。

"乓！乓乓！"

指挥车内，副厅长紧盯着屏幕，抓捕的嫌疑人家里都有一个黑暗结晶房，房间里的大白桶装满了正在结晶的冰毒。持有 50克毒品就构成非法持有毒品罪，而在这里，每家每户的毒品存量都不止这个数字。

有部分嫌疑人顾不得穿衣服，身着内衣就翻上屋顶，妄图从屋顶逃跑。直升机在上空盘旋，刺眼的光束迅速锁定嫌疑人。

"站住，再不站住就开枪了！"

警示的话刚说完，对方就"乓、乓、乓"地朝周围开了枪。

整个村子犹如沸腾了一般，每家每户的灯都亮了，有些嫌疑人跑到了没有涉毒的正直村民家中，威胁对方，不准他们报警。然而，这些人的行踪已被空中的数十架无人机和直升机锁定住，他们逃到哪家，立刻就有警察找上门来搜查，无一落下。

部分嫌疑人知道逃不掉了，纷纷出来投降，但仍有负隅顽抗之徒狗急跳墙，抓住邻居家的孩子，把枪死死抵在孩子的头上，叫嚣道："放我走，不然就打死他！"

看到这一幕的警察们，无一不是紧紧地皱起眉头。

"保护孩子！抓住时机！"厅长喊道。

孩子撕心裂肺地哭着，数秒后，"乓"的一声枪响——狙击手抓住有利时机果断开枪，嫌疑人被击毙，孩子的父母立刻将哇哇大哭的孩子抱走，并向警察们不停地道谢。

几个嫌疑人逃到港口跳上"大飞"，海警鸣枪示警后，"大飞"仍不顾一切地逃窜，海警船立即射出强而有力的水柱，将"大飞"冲翻……

这是令无数人记忆深刻的一晚。

"蔡三金抓到了没？"

"马兰花抓到了没？"

这两个重点嫌疑人家，都安排了精英中的精英人员搜捕，但除了在这两家查获的大量毒品外，蔡三金和马兰花却失踪了！

经过地毯式的搜索，警犬也几乎都调过来支援，都未能查到二人的踪迹。他们，到底逃到了哪里？

追捕的脚步，仍在继续……

大洋彼岸的蝴蝶扇动了一下翅膀，可能导致几千公里外，形成一股飓风。

这就是蝴蝶效应。

刘擎从未想过，一次偶然开始的暑假兼职，竟然会跟她毕业后的正式工作有关联，并影响了她许久，许久。

那时的她还沉浸在日常的琐碎之中，对即将发生的改变浑然未觉。殊不知，驱使命运转折的齿轮已经悄然启动。

第一章

绝处逢生

"知了知了知了……"

夏日午后，窗外蝉鸣不止。

"丁零丁零……"

与蝉鸣齐奏的聒噪铃声令刘擎更加心烦意乱。

"肖警官，找我有什么事？"刘擎将窗子关上，接通了电话。

"之前梅玲跟我提过你对'社工'工作感兴趣，正好我熟悉的一个社区在招兼职，你有空就去试试呗！"

盛夏已至，今年暑假刘擎没有回家，身边的同学除了准备考研的，都开始马不停蹄地为大四的实习做准备。如今的就业形势越发严峻，刘擎也恨不得争分夺秒将时间利用到极致，同学在了解哪个行业，她就跟着去凑热闹；老师说哪个职业的前景好，她也马上去搜索相关信息……

就这样，她一边四处打听、投简历，一边在焦虑、迷惘、急躁的等待中，度过一天又一天。

"啊，这……"电话是舍友梅玲的男朋友肖可为打来的，刘擎其实对做社工不是很感兴趣，只是之前听辅导员介绍说那个行业挺适合心理学专业的人去尝试的，所以搜集了一些和社工相关的资料。她不好直接拒绝别人的一番好意，想了想，反问道，"怎么不推荐梅玲去啊？她也在找工作呢。"

"她不太想做。"

"这样啊……"

刘擎在心里嘀咕：她不太想做，我就想做了？社工社工，听起来就像白做工！不过，刘擎还是表示了感谢，然后含糊地告诉肖可为自己要考虑一下。

"这有什么好纠结的？当然去啊！"电话那头传来父亲刘宏发爽朗的回答。

"可社区给的钱很少……"

"钱少点就少点咯，还能给你的简历'镀金'呢。"

"老爸，你想什么呢！去那里也……"

刘宏发干脆利落地打断她："社区工作听起来就很正规啊，你去那里干还能长长见识，不在于钱多钱少。这件事就这么定了啊，我去忙了。"

刘宏发一口气说完，迅速挂了电话，不给刘擎任何反驳的机会。

"又是这样，每次找老爸商量事情，最后都变成由他拍板。"刘擎嘴上抱怨，但也觉得父亲说得有道理。舍友们一个个都有了明确的前进目标，只有她还踌躇不前。

正在犹豫时，同乡的桃子姐给她发来了消息，说她从深市来广海办事，正好找她叙叙旧。刘擎心中的阴霾一扫而空，总算有件让她开心的事情了。

刘擎约桃子姐晚上到爸爸打工的火锅店见面。

晚上的火锅店热闹非凡，刘擎和桃子姐一边回忆童年往事，一边把又香又嫩的牛肉往嘴里送。刘擎烫牛肉的手法极其娴熟，火候把握得极为精准，吃到嘴里，满嘴的肉香味。

不过吃着吃着，刘擎尴尬起来，她瞄了一眼桌上的点菜单，发现肉点多了，还没有开始工作的她只能靠家里给的零花钱生活，她根本支付不起这一顿消费。可要是不请客的话又过意不去，毕竟，她之前去桃子姐工作的城市玩时，对方可是恨不得一日三餐全给她包了。那，要不要求助老爸打个折呢……

桃子姐吃得很开心，全然不知一旁的刘擎内心的纠结。一小时后，桃子姐说去上洗手间，回来就告知刘擎已经买好单了，还加了两份菜和四瓶啤酒。刘擎一惊，忙说："桃子姐，你这手速也太快了！应该我请你的。"

桃子姐豪爽地摆手："我一个已经工作的人，怎么能让你一个学生请客？要不是叔叔工作太忙，我都想让他坐下来一起吃呢。"

"桃子姐，你真好。"刘擎感激得连连给桃子姐夹菜。

几杯酒下来，聊天的话题转到了桃子姐悲惨的原生家庭。在过去的人生中，桃子姐所受的大部分罪都来源于她那吸毒成瘾的哥哥。

"毒品这个恶魔，不仅吞噬了我哥的身心，还毁掉了我整个家。为了吸毒，我哥把家都掏空了，导致妈妈没钱治病去世了；爸爸为了还债，没日没夜地做苦工，累出了一身病；而我，又因为'涉毒家庭成员'这个标签长期受到社会上的歧视。小擎，也许你会以为我这两年在深市做老师就自由了，其实我依然经常做噩梦，梦见发疯的哥哥，梦见讨债的人……"

刘擎握紧手中的玻璃杯，复杂的情绪在脑海中翻滚。从小到大，桃子姐在她心里的形象就是"别人家的孩子"，无论身处多么艰苦的环境，都不会影响她的优秀。得知桃子姐考上了深市重点中学的"教师编"时，她打心底替对方高兴，以为从那以后，桃子姐就能摆脱阴霾，开启明亮的人生，没想到……

她看着桃子姐渐渐泛红的眼眶，放下杯子，轻轻握住了对方的左手："那些都已经过去了，你现在的工作可是'铁饭碗'，待遇还丰厚，是你应得的，你的未来也会顺风顺水，越来越好！"

"是啊，都过去了，那个浑蛋吸毒过量吸死了，哈哈哈。"桃子姐擦了擦眼角的泪水，"唉，不说啦，难得聚一次还被我破坏了气氛，小擎，吃呀，姐请你吃饭，不吃饱不许走！"

"饱啦饱啦！姐，你吃菜。"听着桃子姐悲凉的笑声，刘擎心里也是一阵心酸。

晚上，刘擎搀扶着喝醉的桃子姐回酒店。刚刷卡开门，两个小孩就欢呼雀跃地扑了上来，喊道："姑姑！姑姑回来啦！"

听到"姑姑"两个字，刘擎立即明白了他们是桃子姐的哥哥的孩子。她关上门，把桃子姐扶到沙发上坐下。

桃子姐醉得厉害，拉着刘擎的手跟她絮絮叨叨地说："这俩孩子要是没有我可怎么办啊，跟着我那浑蛋哥迟早也会走上歪路，我跟你讲，吸毒的人，没救！"

"小时候说起梦想，我们总是天马行空地想个不停，现在长大了才明白，能把自己的人生过好已经很不容易了，再救别人，就是伟大了。桃子姐，你好厉害，我真心佩服你。"刘擎由衷地感慨着。

"不管我哥有多浑蛋，孩子是无辜的。"桃子已经困了，但看到两个孩子围上来向她展示这一天的手工成果，还是尽力坐直了身子，称赞道，"哇，你们居然想到用打湿的纸巾做造型，真棒……"

"很晚了，我就不打扰你们啦，桃子姐，早点休息。"刘擎揉了揉两个孩子的头发，"姑姑困了，你们知道怎么洗漱吧？睡觉前，记得给姑姑盖好被子哟。"

"知道！"两个孩子齐声回答。

"小擎，回到宿舍记得给我发消息说一声啊。"

刘擎点点头，轻轻关上了房门。

回去的路上，刘擎不停回想着与桃子姐的对话，又联想到孩子们亮晶晶的眼神——幸亏他们还有桃子姐这样善良的姑姑代为照顾，可其他涉毒家庭的孩子呢？他们的"姑姑"又在哪里？

刘擎最终决定去肖可为推荐的广海市沙岗街道的社区服务中心。

经过简单的面试，刘擎顺利成为一名兼职社工，和对接人报到完后，她便迅速投入到工作中。

社工没有相对固定的工作内容，就像一块砖，哪里需要哪里搬。不过，她没想到上班第一天，就踢到了"铁板"。

同事谢夏天把刘擎带到了老年活动室，跟她交代主要任务是"维持秩序"，这令她十分不解。不就是一群老人消磨时间玩乐的地方吗？哪儿用得着维持秩序？

等走进去一看，她就明白了——有的老人竟然像小孩子一样，为了抢一件"玩具"大吵大闹！

"这是我的球拍！"

"你老花眼了！这是我的球拍！"

"写你名了吗？凭什么说是你的？"

"也没写你名啊，你凭什么拿？"

刘擎看得目瞪口呆，谢夏天上前劝架："爷爷，别吵啦，球拍还有呢，现在就给你们拿。"说完，谢夏天朝刘擎使了个眼色，刘擎顺着目光看去——哦，器材室在那儿呢！她连忙小跑着过去拿球拍。

"给，你们一人一个新球拍，公平吧！"刘擎说。

"哼，不公平！"周老头不屑地瞪了丁老头一眼。

"怎么不公平了？"刘擎无奈地问。

"老丁浑蛋不配跟我用一样的球拍。"周老头粗声粗气地说。

"叫谁浑蛋哪？"

丁老头作势要挥拳头，谢夏天急忙拦在中间，对周老头说："周爷爷，你一个退休的人民教师，下了讲台却骂脏话，有辱教师的形象呀。"

"就是！怪不得你连自己的儿子都教不好，活该！"丁老头说。

"你你你，你家孩子也不孝顺！"周老头指着丁老头的鼻子骂。

"……"

老人毕竟还是老人，对骂了一会儿就累了，自觉闭了嘴，刘擎终于有空留意活动室里的其他人。

一番相处下来，她发现，通常退休教师的地位在这个群体中是比较高的，然而周老头却是例外——因为他的儿子是这条街出了名的"瘾君子"，在老人当中，攀比子女是很常见的事情，周老头的儿子让他在所有人面前抬不起头来。而且，以前的周老头并不喜欢说脏话，自从儿子跟着狐朋狗友学坏之后，他的脾气才一天天地大了起来。

下班时，刘擎听谢夏天和其他同事说，广海市政府资助社区开办成瘾戒除班，下个月1号开班，届时会聘请专业的心理辅导师针对患有瘾疾的人制订治愈课程，课程结束后，还会帮忙联系工作单位，让成瘾者尽快回归社会。

"周爷爷的儿子有希望了。"刘擎在心里感叹。

在老年活动室忙了一周，刘擎被换到了心理咨询室。心理咨询室一共有三个小房间，社工们轮流负责一个房间，房间的位置跟老年活动室只隔了一条走廊，然而，去做心理咨询的大多是精神萎靡的年轻人，与活动室内精神抖擞的老人形成鲜明的对比。

刘擎负责接待的第一个来访者叫宁萍萍，是广海艺术学院民族舞专业的学生，因为在校期间表现优异，毕业后直接进入了广海市歌舞剧团做领舞。然而做了不到一年，她就因为吸毒被剧团辞退了。刘擎进小房间之前，谢夏天给她发去了宁萍萍的经历，并告诉她之前有过几个社工跟对方谈心，但作用不大，希望学心理学的刘擎能够带宁萍萍走出吸毒的阴霾。

"唉，又是一块'铁板'啊。"刘擎坐在小房间的桌前，翻看着有关宁萍萍的访谈记录。

"意志消沉""态度敷衍""情绪淡漠""仍需鼓励"是前几个

社工写的评价。再往前翻个人信息，上面写着宁萍萍在戒毒所进行了为期一年的戒毒治疗，出来后，还要接受三年的社区观察，每个月的 15 号要到社区报到并接受毒理检测。根据记录，宁萍萍已经报到三次了，今天是第四次。

"咚、咚、咚。"

"请进！"

一个身形瘦削的女生走进了房间，她自然地关上门，坐在刘擎对面的椅子上。

刘擎知道自己的本事只能算是"半桶水"，根本还没有资格给人做心理辅导。但是人已经坐在了面前，她只好硬着头皮上："你……好！我是新来的社工，叫刘擎，你叫我小擎就行！"为了让宁萍萍信任自己，刘擎并没表明自己"兼职"的身份。

"刘老师好。"宁萍萍冷淡地抬了抬眼皮。

"是故意疏远我吗……"刘擎在心里嘀咕了一声，又找话说，"你，你好漂亮呀，我第一次见到这么漂亮的人！"

"嗯，经常有人说我漂亮。"宁萍萍的语气更加冷淡了，仿佛整个房间的气温也随之降了几度。

刘擎已经开始头疼了，她喝了一口水，憋出两句话来："一定有很多人喜欢你、追求你吧？天生丽质是很难得的，你得珍惜自己，好好开始新的生活。"

话一出口，刘擎就后悔了——类似这种俗气的话，人家肯定已经听过无数遍了！

　　果然，只见宁萍萍不耐烦地回答："是啊，我前男友就是因为我漂亮所以追求我，他还说，吸毒的我更漂亮，所以，我就吸毒了。"

　　"完了，说错话了！"刘擎在心里暗暗抓狂，慌忙用翻看资料的动作来掩饰自己的尴尬，突然，她瞥见其中一页记录了宁萍萍得过的舞蹈奖项，脑海中灵光一闪，"萍萍，你能不能教我跳舞？"

　　"什么？"显然，宁萍萍被刘擎这个突然转折的问题问蒙了。

　　"你跳舞那么厉害，教教我好吗？"刘擎指着一条条获奖记录读了起来，"2017 年全国青年舞蹈大赛一等奖、2018 年'金牡丹杯'国风舞蹈大赛金奖、2019 年中华舞蹈艺术节最高人气奖和最佳舞蹈奖……天哪，你就是传说中的'别人家的孩子'！"

　　宁萍萍被刘擎夸张的语气逗得嘴角上扬，她苦笑一声，说："那些都是过去式，现在的我只是个废人罢了。"

　　"怎么会！你有如此强悍的舞蹈功底，人还长得好看，可以当老师，可以当博主，重新开始的机会多着呢。"看到宁萍萍的态度变软了，刘擎对自己有了点信心，她觉得让"受助者"转换成"帮助者"的身份是一个让对方走出心理阴霾的妙计。

　　"可是……"宁萍萍抿紧了嘴唇。

　　刘擎感受到宁萍萍内心的纠结，她一咬牙，把自己的苦恼和盘托出："小时候，我爸是开肉摊的，所以我家从来不缺肉吃。

在村里其他小孩还是营养不良的年代，我就已经长成营养过剩的样子了。同学都笑我胖，笑我走起路来地动山摇，我自卑、不开心，就通过吃来发泄，然后我更胖了，受到的嘲笑更多，我更不开心，所以吃得更多……高三那年，我在图书馆里无意中了解到'心理学'，知道了我暴饮暴食的源头是患上了心理疾病，我决定治好自己，所以后来就选了心理学这个专业。"

宁萍萍消化完刘擎一连串的话，沉声说："嘲笑你的人都是小丑，你不用理会。"

刘擎嘿嘿一笑："是呀，但我还要为了自己的健康着想嘛，太胖了会引发各种疾病，我可不想生病。我这几年通过节食和运动，已经瘦了一些。跳舞也是一项运动，我跟你学跳舞，相当于你帮我减肥，行不行？当然，你有需要我的地方，我也一定会帮你！"

宁萍萍本想再犹豫，但对上了刘擎热忱的目光，便不好再拒绝："行吧……什么时候开始？"

"我周末休息，周六或周日都行！"

"可以，我现在在打零工，时间自由。你要在哪里学？"

"我想想，得环境好一点，又离我们不算远的……就在明德花园吧！我们加个微信，每周五定具体见面的时间。"

"嗯嗯。"

规定的访谈时间是不低于一小时，刘擎找准了"舞蹈"这个宁萍萍感兴趣的话题，两个人竟不知不觉聊到了两小时。看到宁萍萍离开时脸上带着淡淡的笑意，刘擎的心情也舒畅了许多。原本她还怕自己大大咧咧的性格无法胜任社工的工作，现在看来，多虑了。

周六早上九点，刘擎到达约定地点。宁萍萍早早就到了，一个人坐在秋千上玩手机。

"萍萍，等很久啦？"刘擎走了过去。

"还行，我睡眠不好，起得早。"宁萍萍抬起头，依旧是清冷的一张脸，只不过没有刘擎第一次见到时那么冷冰冰了。

刘擎把挎包放到旁边的长椅上："那就开始吧，宁老师！"

"好的，刘老师。"

宁萍萍仅仅做了几下舞蹈动作，立刻就展现出什么叫"肢体艺术"，看着她曼妙摆动的身姿，刘擎觉得她就像古画里走出来的美人一样，而没有接触过舞蹈的自己学起来，仿佛东施效颦。

"你回头的时候，脑袋稍稍往后仰。"

"扭腰的时候，要从这个发力点开始带动全身。"

"腿部微屈，不要绷直……"

学了不到一小时，刘擎已经大汗淋漓。她有点想打退堂鼓了，但看到宁萍萍仍在细致入微地教学，又不忍心打断。

"姐姐，吃雪糕！"突然有几个小孩跑了过来。

什么？吃雪糕？正感到口渴的刘擎跟着声音看过去，才发现周围竟多出了一群观众！

"不好意思啊，打扰了，孩子们就是喜欢看你们跳舞，觉得很新鲜。"其中一个小孩的妈妈说。

"没事，孩子们想看就看，看漂亮姐姐跳的吧，别看我，我跳的不标准，哈哈！"刘擎笑着拿出毛巾擦汗。

"都要看！姐姐吃雪糕，吃完再跳……"小孩们分别往刘擎和宁萍萍手里各塞了一支雪糕，刘擎开心得连连道谢，宁萍萍愣了愣，也说了声"谢谢"。

小孩子的嘴跟抹了蜜似的，"姐姐""姐姐"地叫个不停，逗得宁萍萍也开怀大笑起来。

后来的每个周末，刘擎和宁萍萍都在同样的时间到明德花园跳舞，渐渐地，刘擎的心里有了一个想法：或许可以找个机会跟社区的人谈谈，介绍宁萍萍到福利院教小孩跳舞……

然而，临近暑假结束的一天早上，刘擎被一通电话吵醒，是谢夏天打来的。她迷迷糊糊地按了接通，就听见对方焦急地说："萍萍死了！"

清晨六点，就在明德花园，宁萍萍蜷缩在地上，血从她身上漫延开来……

刘擎赶到现场时，宁萍萍的尸体已经被抬走了。听在场的人说，她是被吸毒的前男友杀死的。有起得早的老人到花园里锻炼，从两人的争执内容听出前男友是通过宁萍萍的自媒体账号找到她的。前男友妒忌她开始了新生活，想找她要钱，她不肯给，前男友就用在网上爆料以前一起吸毒的事来威胁她，她不听，还要报警，紧接着，可怕的一幕发生了——前男友居然从身上掏出了一把刀，狠狠刺向了她……

刘擎陷入了深深的自责当中。运营自媒体账号是刘擎建议的，福利院的工作暂时还没有消息，打零工也解决不了温饱，但自媒体账号做得好的话，就能有不错的收入了。宁萍萍是天生的舞者，在网络这片舞台上绽放光芒也算是艺术的延伸。

在听从刘擎的劝说后，宁萍萍每天早上六点就会去明德花园录跳舞视频上传到账号上，偶尔还会开直播科普与舞蹈相关的知识。随着粉丝量渐涨，她的笑容也多了起来，重新燃起了生活的斗志。刘擎本以为一切都会往正常的轨道上发展，没想到……

宁萍萍的死如同一片阴云笼罩在社区的上空，每个人的心中都充满了难以言喻的惋惜。尤其是经过长期的相处、已经和宁萍萍成为朋友的刘擎，沉重的哀伤持续萦绕在她心头。

好不容易熬到暑期结束，刘擎逃似的离开了社区。

宁萍萍遇害一事让刘擎消沉了许久，接下来的日子，她全心全意地为以后的工作积极准备着，考证，学习，考证……她希望通过忙碌来冲淡宁萍萍死亡对自己带来的打击。

也许是充实的时间就会过得快些，眨眼间，已经临近毕业。

同宿舍一直准备考研的张雨霏考上了民族大学的研究生；不考研的梅玲和贾潇雨，也都找到了工作，梅玲考上了江州的公务员，贾潇雨则去了广海市的一家传媒公司做文案专员；学习最刻苦的朱曼丽不负众望考上了珠市中学的教师编；最后只剩下孤零零的刘擎，一个人为了找工作而焦头烂额。

刘擎在招聘网站上各种投递简历，面试了几家心仪的公司，都没能通过。至于主动邀请她的公司，有的位置偏僻，有的工资不高，犹豫中，工作机会都溜走了……

毕业的日子到了，这意味着再也不能住便宜的宿舍，要出去租房子了。

接二连三地失败，让刘擎心灰意冷。

刘宏发辞掉了广海市的工作，回了老家广溢市。刘擎的哥哥在那里开了一家火锅店，需要刀工精湛的老师傅坐镇，又因为生意刚起步，只雇了一名员工，剩下的活只能两父子一起干。和刘擎打视频电话的时候，刘宏发肉眼可见地憔悴了，这让刘擎心疼不已，心中暗暗埋怨自己的无能。

刘宏发看出了刘擎的心事，勉励刘擎，让她不要在意眼前的困难，要着眼以后，就像开火锅店，只要熬过冷淡期，生意总有旺起来的一天。

刘擎点头应下。刘宏发又问刘擎要不要打钱，刘擎拒绝了。

自己已经是个成熟的大人了，以后要靠自己赚的钱生存下去。

理想很美好，但现实对刘擎并不温柔。

心理学专业在就业市场上如同"天坑"，尤其是她这种一瓶子不满半瓶子晃荡的水平。大学四年期间，她也算得上是努力学习的学生，但自从开始找工作后，她就有种"学了，又好像没学"的消极想法。随着时代的发展，就业市场越发庞大，对求职者的综合素质和专业技能要求也更高，有的招聘单位还需要他们具备跨学科的知识储备和实践经验，像刘擎这种比上不足，比下有余的"中间态"求职者，要想脱颖而出，无疑是艰难的挑战。

为了省钱，刘擎和梅玲的老乡吉秋雅在城中村合租了一处两室一厅的房子，吉秋雅住主卧，刘擎住空间小一些的客房。

刘擎和吉秋雅的关系不算亲密，但她觉得总比和陌生人合租强一些。可令她烦恼的是，吉秋雅还带着男朋友邓永辉一起住，天热的时候，邓永辉经常裸着上半身在屋子里晃荡，把在客厅抱着电脑找工作的刘擎吓一跳。

邓永辉的作息还不正常，他白天睡觉，晚上则精神百倍地打游戏，时不时传出的叫骂声和键盘敲击声让刘擎苦不堪言，也不知道同一个房间的吉秋雅是怎么受得了的。

一开始刘擎挺看不上邓永辉这种只会打游戏的男生，觉得他是"废柴"，但在听到吉秋雅说他仅仅卖游戏装备就赚了十几万之后，刘擎醒悟了——这屋里只有一个"废柴"，就是她自己。

转眼间，距离刘擎毕业已经两个多月了，工作的事依旧没什么头绪，银行卡里的钱肉眼可见地减少。另一边，邓永辉认为自己目前的收入已经足够稳定，和吉秋雅一起找刘擎商量想把房子整租下来，于是，刘擎又要面临找房子搬家的问题。

价格高的房子她租不起，价格便宜的环境差，其中一个房子里甚至能看见硕大的老鼠出没，房东倒是贴心，说她可以养只狸花猫……

就在刘擎焦虑地在招聘网站和租房网站上来回切换界面时，肖可为打来了电话，问她有没有空，想约她一起吃饭。

刘擎烦躁地说没空。

电话那头的肖可为顿了顿，又说："我跟梅玲分手了，我……也要离开广海了，在这座城市，除了梅玲，另一个熟一点的朋友就是你了，最后见个面吧。"

刘擎一听肖可为这么说，只能硬着头皮应约。

她心里其实是别扭的——她早就知道两人分手的事。现在，自己作为梅玲的好友跑去跟肖可为吃饭，别提多尴尬了。

可没办法，她是个不懂得拒绝的人。

肖可为把见面地点定在一家许多本地人爱吃的饭店，在刘擎到之前，他已经点好了菜，都是店里的特色菜。刘擎坐下来看到那么多美食后，也不客气了，直接开吃，这是她毕业以来吃得最饱的一顿饭。

"你工作找得怎么样了？"肖可为冷不丁问道。

这话瞬间戳中了刘擎的痛点，原本埋头吃饭的她立马放下筷子，滔滔不绝地诉起苦来，讲述自己找工作的艰辛、每次面试受到的打击……简直是一部《应届生血泪史》。

"早知道，还不如跟我爸回老家的火锅店切牛肉呢，至少吃喝不愁，也不至于像现在这么狼狈。我就是个'废柴'，上了四年大学，什么真本事也没学到。"

刘擎颓丧地抱怨着，银行卡里岌岌可危的数字，租房子押一付三的压力，炎热的天气和饭店内吱呀叫唤的风扇声，融合成虚幻的疏离感和排斥感堵在她的喉咙，一口接一口的美食再也无法咽下。

"知识学了总是有用的，换个环境，这里是草，那里就是宝。像春秋时期的百里奚，因战乱沦为奴隶，后来，秦穆公用五张羊皮买下他，让他辅佐治国，奴隶变丞相。还有商鞅、李斯这些古代名士，在不适合的地方没有受到重用，最后不也是大放光彩……只要找到适合自己的位置……"肖可为开始了喋喋不休的"说教模式"。

"打住，别给我灌'鸡汤'了，我吃不下了。"刘擎的情绪越发低落，"漂亮话谁不会说，合适的位置，说起来容易，但它在哪儿？"

"这份工作，很有挑战性，也许你会感兴趣。"肖可为终于点明了今天见面的主题。

"什么工作？"

"向日葵！"

一朵金灿灿的向日葵。

刘擎站在一栋高大的建筑前，看着大楼上挂着的向日葵标志。

门口的牌子上写着"广海市向日葵工程社群服务中心"，白底红字，看着就是正规机构。但刘擎有些踌躇不前，她不确定，经历过宁萍萍的死带来的打击，她能否再次应付社工的工作。

犹豫了一会儿，她咬咬牙，直奔面试的楼层。

"大不了就回去跟老爸卖牛肉！"刘擎给自己打气。

面试楼层的走廊已经站满了人，为了缓解心中的焦虑，刘擎跟旁边的女生交谈起来。

"你中南大的啊？"

"是啊，你呢？"

"我科大的。"

"噢，狮山旁边的那个吧？"

"那个是广理大，我们是广科大，原来叫广海科技学院，后来升级为广海科技大学。"

"这样啊，好像有听说过这个学校……"

"我来之前查了资料，说这个'向日葵工程'是专门为涉毒人员的子女提供帮助的公益组织，说实话，我有点害怕。"

"怕什么？怕遇上熊孩子？别想得太多，你看面试的这条长队，能不能进去还不一定呢！"

与刘擎搭话的女生叫谢莹莹，中南大学历史专业的。这也是个不好找工作的专业，她偶然间得知了"向日葵"的招聘，所以来碰碰运气。

两个人你一句我一句地闲聊着，不知不觉间，到刘擎了。

由于连续多次失败的面试经历，刘擎很紧张，自我介绍时甚至还咬了舌头。面试官面无表情地翻看着刘擎的简历，没问几个问题，正当她纠结应该说点什么的时候，面试官突然开口："你有过社区工作经历？"

"嗯……我去年暑假在沙岗街道做兼职社工。"

"那你说说做社工的感受吧——不用紧张，可以讲一个具体的事例，或者让你印象深刻的人。"

"印象深刻的……"刘擎瞬间就想起了萍萍的死，又难过了起来。

"不方便讲？"面试官好奇道。

刘擎深吸一口气，说："我在社区里认识了一个花一样的女孩，她是广海艺术学院的高才生，还曾是广海市歌舞剧团的领舞，前途无量。然而，她的美好前程全都因为一次误入歧途而中止——她吸毒了，我认识她的时候，她正处于社区戒毒阶段。我还记得第一次见到她的时候，她像封闭在橱窗里的娃娃一样，美丽却没有生气，全身散发着冰冷和颓废的气息。为了让她走出来，我跟她约定了每个周末一起在花园里练舞，还鼓励她做自媒体博主，眼看着她一天天振作起来，她却……她却……被坏人杀害了……"刘擎感觉心里堵得难受，说不下去了。

"节哀，天灾人祸，这是无可避免的事。至少，因为你的出现，这个女孩在生命中最后的时光里感受到了世界的温暖，在绝望的困境中重新找到了生活的希望。即使她不在了，与她相处的记忆也会引领着你成长。"

刘擎感到讶然，她没想到忙碌的面试官还会腾出时间说这么长的话来安慰她，她轻咳一声，坦白道："那个女孩死后，我消沉了很长一段时间，用学习来麻痹自己。我原以为这辈子再也不会踏入'社工'这个行业，但屡次找工作碰壁后，我还是来了……我是个不知道前途在哪儿的迷惘的应届毕业生，但也许，我可以根据从前的经历带领孩子们找到属于自己的光明之路。"

面试官点点头，问："简历上写着你是广溢市潮西县人，那你知道潮东县吗？"

"知道，两个县挨着，我还有亲戚在那边做生意。"

"那你对潮东很熟悉了？"

"谈不上熟悉，就是两地的风土人情还有饮食习惯都差不多。"

"如果安排你去那里工作，你愿意吗？"

"嗯？我……愿意！"

"好，我再问你几个问题……"

也许是受到了面试官的鼓励，也许是前段时间埋头复习的成果，当对方抛出有关社工领域的专业问题时，刘擎都能应对自如，不像一开始那么慌张了。

最后，面试官满意地点点头，然后在本子上写了写："我这边还要跟领导谈谈，如果有消息了会通知你。"

"好的，谢谢你。"

走出房间时，刘擎的脑子还是蒙的。

她这一路上一直是绷紧的状态，面试的时候还因为太过紧张答错了问题，没想到收尾时却意外地顺利？不过，她还是更希望留在广海工作。见识过小县城的落后的她，只想在大城市找到一份体面的工作，然后攒一笔钱，把家里人接到身边一起享福。她不知道自己为什么会那么爽快地同意去潮东，也许是内心太过渴望有一份工作，好解决燃眉之急吧。

有些面试完的人还没走，在大厅里坐着聊天。

"这次的招聘不是在广海工作，说是要先去广溢的潮东县干两年，然后才有机会调回广海总部……"

"潮东啊，我知道，广溢出了名的'毒县'！"

"是啊是啊，听说那边现在还有好多在逃毒贩呢。"

"除了包食宿这一点比较好，其他的待遇都挺一般的……"

"可笑——公益组织谈待遇？哈哈，要谈待遇得去大企业。"

"我还是不考虑这里了，我在广海随便找个小公司的收入也差不多……"

"我也不考虑了，我要再战考研……"

"你呢？刚才的面试怎么样？"谢莹莹叫住了刘擎。

刘擎一怔，不好意思地回答："我倒是会考虑，毕竟我已经山穷水尽了，我的学历一般，能力也一般，在广海找了两个多月的工作也没找到合适的，我扛不住了……"

听到众人对这份工作的议论，刘擎忽然觉得没底气了，别人都看不上的工作，却是自己目前最好的选择。在众人复杂的目光下，刘擎失魂落魄地离开了。

走出大楼，热浪迎面扑来。刘擎面无表情地往出租屋的方向走去，看着眼前繁华的街道，她的心里空落落的。

刘擎在出租屋躺了几天，投出去的简历仍然石沉大海，看着堆满垃圾桶的速食包装，她决定收拾一下，下楼扔垃圾，顺便去附近的公园透透气。

公园里有个观景湖，色彩艳丽的金鱼在自由自在地游走，有小孩子往湖里撒鱼食，引得金鱼们纷纷围过去张嘴吞食。

刘擎正站在湖边发呆时，手臂忽然被人拉住了："妹妹，不要想不开，有不开心的事可以跟阿姨聊聊。"

刘擎诧异地回过神来，才发现是自己站得离水边太近了，被一位热心肠的阿姨误以为是要寻短见。她连忙解释："没有，我就是看金鱼看得太入迷了，谢谢阿姨关心！"

"噢，没事就好！你站到那个台阶上看嘛，台阶那边还有围栏，安全。"

"好的好的，我这就过去。"

刘擎感到哭笑不得，"好死不如赖活着"是她的人生信条，无论如何她都不会想到死路上。不过阿姨的话确实有温暖到她颓丧的心，让她精神多了。

临出公园时，刘擎的手机响了。本以为又是广告推销的电话，没想到一接通，是字正腔圆的好消息：

"是刘擎吗？我是'向日葵工程'人事部的，现在通知你，你已经通过了面试，请在三天之内带身份证和毕业证书来之前面试的楼层办理入职手续。培训地点在'向日葵'的广海总部，培训时长一个月，正式工作地点在广溢市潮东县，有问题吗？"

"可以，没问题！"虽然不是刘擎最期待的工作，但她还是迅速答应了，生怕难得的工作机会再一次溜走。

"好的，期待你的加入。"

"感谢！"

放下手机，刘擎长长地舒出一口气，又想起了什么，赶紧给吉秋雅打电话，说自己要去外地工作了，等在本地培训完就会搬走。

吉秋雅很高兴，祝贺她终于找到了工作，说晚上要请她吃饭，刘擎没有推托，爽快应下。

晚上，城中村的大排档热闹非凡，各种美食的香气混杂在一起，闻起来就让人流口水。刘擎和吉秋雅、邓永辉三人坐在其中一家店里碰杯谈笑。可聊着聊着，邓永辉就开始给刘擎"上课"：

"为什么去潮东那个破地方？不就是县城嘛！

"做社工？社工难道不是只有兼职的吗？还能当作正经事来干？

"我劝你别去，留在广海这个大城市多好！潮东那破地方没前途……"

尽管吉秋雅已经向邓永辉使了不少次眼色，对方还是跟看不见似的，扫兴话说个不停，把吉秋雅气得重重放下了杯子。

邓永辉终于安静下来，问："怎么了，阿雅？"

刘擎尴尬地打断他："邓永辉，我记得你就是潮东人啊？为什么那么嫌弃自己的家乡？"

"那可是臭名昭著的'毒县'，我当然嫌弃了！要产业没产业，守着大海却成了贫困地区，等于抱着金饭碗要饭吃！这说明什么？说明那里的人素质不行，智商也不行！"

"呃，这是喝醉了，自己骂自己吗……"刘擎小声嘀咕。

邓永辉接着说："那边很多都是无所事事的闲人，社工过去要帮什么人啊？"

刘擎喝了一口酒，叹道："这些年的扫毒行动抓了一大批涉毒人员，虽然罪犯是落网了，但背后还有无辜的家庭和亟须关爱的孩子，这些孩子后续的生活都将面临比同龄人更大的挑战，'向日葵工程'就是政府为了帮助他们健康成长而创立的。"

"我觉得政府就是闲的，没事找事！"邓永辉不屑地说，"像这种罪犯的孩子，就应该让他们自生自灭。我是潮东人，光我知道的'子承父业'的就有七八个，其中还有我的同学……所以说，这份工作不做也罢，做了也是白做，没意义！"

吉秋雅见刘擎脸色不对，用手指戳了戳邓永辉："你做的事就有意义了？天天打游戏！"

"打游戏怎么了？现在电子竞技已经成为正式体育竞赛项目了，看我现在，不用上班，不给通勤系统增加压力，自己给自己交保险，不用国家操心……"

"对对对，你做什么都是对的，别人做什么都是错的，行了吧！你不建设自己的家乡，别人替你建设，你还教育起别人，要脸吗?！"吉秋雅气呼呼地责怪道。

吉秋雅的话点醒了邓永辉，他赶忙收敛情绪，对刘擎歉声说："我也是出于好意，不想让你踩坑嘛。我的家乡怎么样，我比外人了解得多。"

刘擎笑了笑："我知道的，谢谢啦。"

三人再次碰杯，邓永辉一口喝下半杯酒，开启另一个话题："记得我有个叫林静楠的同学，他初一的时候成绩还蛮好的，到了初二时，成绩就开始下降，但人却变得阔绰起来。他经常请同学吃饭、买东西，肯德基最贵的全家桶随便点；课间去小卖部，什么零食、玩具，随便拿，全都是他付钱。当时我们都觉得他'酷毙'了！渐渐地，大家知道林静楠家里是'做生意'发财了，至于做的什么'生意'，在'三全地区'，你们懂的……"

吉秋雅皱起眉头："啧啧，他不可能一直这么风光吧？"

邓永辉说："当然。做这一行的，要么被抓，要么就是在逃，要么陷入毒圈被同行害死。林静楠初中毕业后就跟着他爸做'生意'去了，后来他爸被抓，判了死刑，他本人也不知道躲到哪里去了。"

吉秋雅愤愤道："躲有什么用？与其担惊受怕，还不如早点自首，不要浪费警力！"

"真可惜，曾经的好学生因为家庭的影响沦为毒贩。"刘擎感慨道。

"反正啊，跟沾毒的人保持距离就对了，我这辈子都不会跟那种人有来往。"邓永辉给吉秋雅夹菜，"我那时候知道林静楠家里在做什么之后，就疏远他了。那些继续跟在林静楠身边做小弟的，没一个能考上大学，还有三四个因为犯事坐牢了……如果当初他们不贪心，会走入歧途吗？每个人的路都是自己选择的，或者说，是自己'踩'出来的，要救这些人，无异于逆天改命。我们不要做泥菩萨，先顾好自己，再去顾别人。刘擎啊，我劝你还是再考虑考虑，把人生浪费在这种地方我替你感到不值。"

"行了行了，让你出来吃饭，不是让你做演讲的。"吉秋雅把一盘炒牛河推到刘擎面前，说，"刘擎，吃，祝你的未来像这盘滑溜溜的河粉一样，顺顺畅畅。"

"嘿嘿，承你贵言！"

刘擎低头看着碗里的饭菜，心想，邓永辉真是把她想得太高尚了，泥菩萨？笑话，她只是为了解决温饱而已。

第二章

向日葵的瓜子们

第二天，刘擎早早去了"向日葵"总部办入职手续。

意外的是，她居然碰到了几个熟人，有最先和她搭话的谢莹莹，还有后来闲聊认识的贺文芷、蒋珊珊、白雪彤、童欣然。

"你也来啦！"刘擎向谢莹莹打招呼。

"我当然来啦。"谢莹莹眨眨眼，凑近刘擎小声说，"你看那边那几个，尤其是贺文芷，面试那天抱怨连连，结果来得比我还早。"

看着贺文芷认真填表的样子，刘擎差点忘了她那天信誓旦旦地说不会去潮东的话。

这次"向日葵"一共招了二十个人，大家互相交换了联系方式，然后面对面建群，群的名字就叫"向日葵的新瓜子"。

统一到医院做完体检后，见习社工们就一起回到"向日葵"总部接受培训了。

宽敞明亮的会议室里，兼任"向日葵工程"名誉会长的广勤省公安厅厅长发表了讲话。

"在官方的严厉整治与市民的紧密协作下，我省毒情显现出日渐向好的明朗态势。但毒品的影响深远，扫毒行动就像一场针对社会的康复治疗，切除毒瘤的手术已经由英勇果敢的战士们完成，后续的疗养仍需要细致耐心的'护士们'接力。'向日葵工程'承担的就是'护士'工作，帮助涉毒地区重获生机。

"和其他孩子一样，涉毒人员的孩子也承载着家庭的希望和国家的未来，他们是纯粹的幼苗，是亟待浇灌与守护的花朵。我们应以细腻之心滋养其心灵与体魄，使他们成长为坚韧不拔的参天大树，支撑起更加辉煌的明天。

"很多年轻人讨厌大话、空话，但我刚才说的都是真心话。我们开展了'向日葵工程'，就是下定决心要汇集社会各界的正能量，为涉毒家庭的孩子们铺设一条通向光明的康庄大道。这是一项崇高的事业，我对在座的各位，充满敬意……"

热烈的掌声响起，即便是一心为了柴米油盐的刘擎也感到胸腔中充满了热血。

以前的她十分讨厌听类似的领导发言，一听就犯困，但现在却觉得无比激动——大概是仪式感带来了荣誉感?

各级领导发言完毕后，剩下的时间，就是教授们的专场了。机构为见习社工们邀请了社会学、心理学、教育学等领域的教授进行授课，从深层次的专业角度进行解析，帮助大家更好地理解和服务涉毒家庭的孩子这一特殊群体。

时间一天天地过去，"瓜子群"持续热闹，每天都有人在群里交流学习心得，还有约着线下聚会的，刘擎从而认识了很多朋友，对新工作的期待值也越来越高。

出发去潮东的前一天，大家一起去玩了"剧本杀"，刘擎特意拍了大合照发朋友圈，并配上文字："新入职的瓜子们，朝着阳光奔跑，让向日葵开得更鲜艳。"

很多朋友都祝贺她找到了工作，但梅玲给她打来了电话，一开口就是对肖可为的"控诉"："不是，你真听他的建议去做社工了？他这不是坑你吗？你可想好了……"

"我想好了。"

但是，有些时候，"想好"和"别无选择"之间也许是可以画等号的。

第二天，刘擎拖着塞得满满当当的行李箱离开了城中村的出租屋，和这座相处了四年多的城市说再见。

她不知道未来会怎么样，也许，摆脱狼狈的现在就是最好的吧。

带着满怀的激情，刘擎到达了"向日葵"总部。一辆大巴车停在门口，见习社工们带着大包小包的行李站在旁边等候。等了一会儿，负责带队的汪老师清点完人数，就招呼大家排队放行李上车。

发车了。光彩夺目的高楼和拥堵不堪的车流如录像带般在窗外播放，繁华而喧嚣的现代化大都市逐渐淡出他们的视线，为他们留下一丝不甘和对未来的无限遐想。

路况平稳之后，安静的车厢逐渐喧闹起来。谢莹莹把一大盒榴梿酥分给大家，其他人也跟在后面分享自己带的零食。白雪彤带的是自己亲手做的蓝莓薄饼，造型可爱，口感香甜，她表示等安顿下来后，就买烤箱和工具在宿舍里做烘焙，以后还打算开一家烘焙店。童欣然听了，立刻举手说要跟白雪彤住同一间宿舍，惹得众人哈哈大笑。

坐在刘擎旁边的是贺文芷。闲聊时，她对刘擎说，自己已经做好了接下来的计划，要一边工作一边备考研究生，这样既能提升自己，又能积攒工作经验。坐在附近的人听到了贺文芷的话，也纷纷说出自己的计划……

刘擎发现，好像每个人都为迎接新的生活做好了万全的准备，除了她。

一直以来，她对自己的人生都没有明确的规划，只想见一步走一步。包括大学所选的心理学专业，也是因为对那方面感兴趣才选的，至于毕业后能从事什么工作，她完全没想过。

她不禁反思起以往的经历，自己似乎总在随波逐流、随遇而安，没有任何主见……由此得来的收获真的适合自己吗？是不是，该认真考虑考虑前途了？

历经四个多小时，大巴车停在了潮东县公安局门口。

见习社工们起身舒展身体，跟着汪老师陆续下车。带头接待众人的是潮东县公安局的陈副局长，汪老师跟大家介绍说他还是"向日葵"潮东区域的理事，为机构的发展提供重要的支持。

陈副局长朝众人点头致意："社会的和谐离不开社工们的付出。未来的路虽长且艰，但我坚信，只要我们同心协力，就没有克服不了的困难……大家坐了那么久的车，辛苦了，快进食堂吃饭吧！"

"终于能吃饭啦！"刘擎在心里欢呼。

一群人兴奋地聊着天走进食堂，汪老师在临近到达前跟局里打过招呼，所以大家坐下没多久，热腾腾的饭菜就上齐了。

在车上吃的零食早已消化，大家纷纷埋头吃起食堂提供的热菜，赞不绝口。就在刘擎开心地把一大口凉拌牛肉塞进嘴里咀嚼的时候，突然听到了熟悉的声音在喊她的名字——

"刘擎！"

是谁？

她循声望去，竟然是肖可为！

"肖警官，你怎么在这儿！"刘擎惊喜地站起身，这简直是"他乡遇故知"啊！

肖可为笑着说："我转到县缉毒大队了。刚才我在那边吃饭，看见你们这一桌有个人影怪眼熟的，走近一看，果然是你！"

"哇……刘擎，你好幸运，来这里第一天就碰到认识的领导了，这下有人罩你了。"坐在刘擎旁边的谢莹莹调侃道。

"咳，什么领导，只是个普通警察。你们继续吃吧，我就是过来打声招呼，我的饭还没吃完呢，得赶紧回去，怕阿姨收走了。"肖可为笑着转身走开。

刘擎沉浸在不解中，没想到肖可为这个省特警总队的支队长会转到落后的潮东县做缉毒警。待遇肯定差很多吧，图什么呢……

"他老家是不是潮东的？"贺文芷好奇地问。

"不是，离这儿远着呢。"刘擎又夹起一口喜欢的牛肉往嘴里塞，"在这里有个熟人也不错，尤其是当警察的熟人，以后要是受欺负了，我给他打电话就相当于报警啦。"

刘擎没心没肺的话把一桌人逗得合不拢嘴。

吃完饭后，大家在院子里集合，载她们来的大巴车已经不见了，换成几辆面包车。她们的行李都已经被卸下放在一棵大树旁，几个年轻的警察站在一旁聊天。

汪老师拿着一张纸宣读分组名单："每个小组平均六到七人，分别前往全东镇、全西镇、全营镇……"

"三全地区"？人群中顿时沸腾起来。

"汪老师，不是在县里上班吗？"

"汪老师，去镇上工作是吃住都要在那里了吗？"

"汪老师，之前也没说是要去'三全地区'工作啊！"

"……"

接连不断的提问和质疑把汪老师吵得头疼，她拍拍手，示意大家安静下来："'三全地区'是潮东县毒情最为严重的区域，自然需要'向日葵'的扶持。本次扶持工程，镇政府给予了大力支持，为大家提供力所能及的最好的条件，具体工作内容，由镇上的负责人安排……"

谢莹莹忽然举手说："汪老师，我能不去吗？"

汪老师一愣。

谢莹莹咬了下嘴唇，说："我要退出，我……我不干了。"

刘擎赶忙在谢莹莹耳边劝道："莹莹，要不等到了目的地再考虑？工作单位长什么样还没看到呢！"

贺文芷也跟着劝："来都来了，看看再说嘛。"

然而，谢莹莹很坚决："不用劝我了，其实，在大巴车开出广海的那一刻，我就已经开始后悔了。"

汪老师面色凝重："莹莹，你考虑清楚了，毕竟已经签了劳动合同，还接受了为期一个月的培训，现在走掉属于个人违约，要赔付违约金的……"

谢莹莹的态度依然坚定："我愿意给违约金，就当作给培训那一个月交学费吧，我想清楚了。"

汪老师叹了口气，看看停车的空地："你看大巴车都开走了，我也要等大家都安顿好了才会回广海，要不，你先跟大家过去看看，等我可以回广海了再一起回去，怎么样？"

"不用了，我自己叫车。"谢莹莹说着就拿起手机点开打车软件叫车。

县城不好叫车，为了赶紧离开，她直接把所有平台的车型都选上了。五分钟后，她叫到了一辆位于四公里外的顺风车，显示还有十分钟到达。现场的气氛变得愈发压抑，谢莹莹慢慢走向自己的行李箱旁，沉默不语。

刘擎的心里有种难以形容的悲伤和慌乱感，她想跟身旁的贺文芷聊聊，刚要张嘴，却听贺文芷说道："莹莹，可以搭你的顺风车吗？"

全场哗然。

不等谢莹莹回答，贺文芷已经小跑过去拉起了行李箱，继续说："我也回去，我们拼车吧，车费一人一半。"

紧接着，白雪彤和蒋珊珊仿佛受到感染一般，也跑到放行李箱的位置，说："我们也要拼……"

刘擎连忙看向最后一个希望——童欣然，这是她熟悉的人中最后还留在原地的。然而，童欣然只是迟疑了半分钟，也小跑了过去，谢莹莹面色尴尬地说："欣然，这辆车加上司机只能坐五个人，再多一个人就超载了。"

童欣然失望地低下头，想了想，抬头问在场的人："还有没有要回广海的？我们可以再叫一辆车……"

刘擎心里忐忑万分，仿佛有个焦虑的小人在耳边问她："要是大家都走了，你走不走？"

幸好，剩下的人都跟刘擎一样站在原地，只是神色黯然。

童欣然抓着行李箱的拉杆，看看旁边的人，又看看对面的人，不知所措。刘擎走过去，拉起她的手："欣然，先去镇上看看吧，来都来了……你看，还有我在呢！"

童欣然抿了抿唇，点了点头。

十几分钟后，要走的人走了，没走的也要坐上开往工作地点的面包车了。让刘擎有些难过的是，唯一熟悉的童欣然被分到了全东镇，而她和不熟的王新会、赵瑞虹分到了全营镇。两人只能就此道别，说以后有机会再出来聚聚。

至于以后到底是什么时候，谁也不知道。

面包车吭哧吭哧地开了大约一个半小时，终于停在了全营镇镇中学旁的一栋三层高的楼前。

尽管刘擎事先做好了心理建设，但由于长期以来习惯了广海的便捷生活，她仍是难掩失望的情绪。去的路上，连一个公交车站都没有，只有那种随叫随停的小巴车，个别车的车尾还挂着网兜，网兜里是嘎嘎直叫的本地大鹅。沿街的商铺也都是一些看起来灰扑扑的小店,与广海多姿多彩的店铺相比,简直天差地别。

下车了,刘擎和王新会、赵瑞虹拿好行李,跟着汪老师走向白色小楼。刘擎觉得几人安静得有些尴尬,遂主动开口问王新会和赵瑞虹:"你们……以后有什么打算呀?"

王新会摇摇头:"我还不知道呢,走一步看一步吧。我爸妈要我回老家,说我们那边开了一家幼儿园,让我试试做幼师,但我一想到哇哇哭的小孩就头大,算了算了。"

赵瑞虹则说:"我一直有一个不切实际的梦想——做一个'守岛人',整个海岛只有我一个人,与海洋为邻,与星辰为伴,享受超脱凡尘的宁静……不过,人还是要活在现实里,我就把这里当作一座岛吧,做另一种形式的'守岛人',守护孩子们健康成长,也算是守护自己心中的那份童真吧。"

"哇……"刘擎和王新会顿时对赵瑞虹肃然起敬。

负责人和另外两名工作人员已经在门口等候。站在中间那位气质稳重、看起来大约三十来岁的女人便是全营镇"向日葵工程"的负责人苏映红,汪老师称呼她为"苏主任";站在她左边的看起来年纪较大的男人叫周小钦,他笑呵呵地让大家喊他"老周"就行;而站在右边的则是个长得白白净净的女生,看着和刘擎她们差不多岁数,戴着一副眼镜,名字叫张灵。

汪老师将刘擎、王新会、赵瑞虹一一介绍完毕,然后交代一些工作上的注意事项,就要乘车离开赶往下一个目的地了。

这栋楼的一层是给市民开放的活动地带，来这里的主要是在附近上学的孩子；二层是办公区域，三层是社工宿舍。虽然苏映红、周小钦、张灵帮她们拿了部分行李，但因为没有电梯，几人爬上去时还是气喘吁吁的。

令刘擎重拾好心情的是，宿舍是一个人住一间房——太棒了，不用跟别人合住，有自己的小天地了！

到了房门前，她先向帮她拿行李的张灵表示感谢，然后就迈着激动的步伐走进了房间。床、桌子、椅子，还有独立的洗手间……一切都收拾得干净整洁，桌上还留有便笺纸，上面写着无线网络的名称和密码，刘擎试着连了一下，很快连上了，"被发配到偏远乡镇"的消极念头总算打消了一半。

"张老师，我对这个宿舍的环境简直不要太满意了！"刘擎感叹道。

"叫我全名张灵就行，我只比你们早来一年，叫老师太拘谨啦。"张灵笑着往里走去，"苏主任对大家挺好的，你看，床单被罩、桌上的热水壶、洗手间的洗浴用品……都是苏主任亲自去市场买的。"

刘擎听完十分感动，对"向日葵"这个机构的好感直线飙升。聊了一阵，王新会和赵瑞虹过来找刘擎，说想出去转转，熟悉一下，张灵热情地要给她们带路。

机构所在的街道十分热闹，临近食肆，哪家店的油条炸得脆、哪家店的粿条做得香、哪家店的生腌做得正宗，张灵都一一向她们介绍。说到生腌，张灵忽然激动起来："我爸做这个的手艺一绝，明天……不，就今天吧，让我爸做给你们尝尝！"

刘擎三人连忙拒绝，她们哪里好意思给别人的家人添麻烦，然而张灵却立马掏出手机打电话说了这件事，张爸爸爽快地答应了。

"张灵，我们刚来就蹭吃，多不好意思啊。"刘擎说。

"就是啊，虽然我确实很馋……"王新会看着海鲜饭店里的展示柜咽了咽口水。

赵瑞虹抬手点了一下王新会的脑袋："还看，你的眼珠子都要掉进去啦！"

"这是我爸的爱好，他知道有人喜欢吃他做的生腌，可高兴了！"张灵笑着往前走，领着三人拐到另一条略显冷清的街上。

这里的一些店铺还没有开张，有的门上贴了"旺铺转租"的字样，张灵看过去，有些感慨："三年前，全营镇的铺位可以说是一铺难求，有的铺租比市中心的价格还要高。那些做"猪肉"的人挥金如土，催生了畸形的消费观，让在这边开店的老板赚得盆满钵满。我爸开的涂料店和我哥开的电动车店就在附近，以前打开门都不愁生意，现在，只能拍苍蝇咯。"

赵瑞虹好奇地问："'猪肉'？是吃的那个'猪肉'吗？"

刘擎无奈地解释："'猪肉'就是指毒品啦！这个说法在潮东或者潮西都很流行，嗯……就是一种忌讳吧……"

"可怜的猪，要被吃，还要背黑锅。"王新会努努嘴，问张灵，"那你们家这两个铺位，是租的还是买的？"

"买的。"

"要是趁贵的时候卖了就能大赚一笔啦……可惜。"

"那时候大家都只顾着眼前的利益，哪儿会想得那么长远。就像那些做'猪肉'的，上头的时候，威逼利诱拉着好多人入伙，连我哥都差点进了'猪圈'，我爸心一横，把他打了一顿关禁闭，这才让他清醒过来。后来扫毒行动清理了一拨涉毒人员，我哥有老婆有孩子，要是他参与了，整个家就塌了。现在说起来，我还有些后怕呢……"

回去的时候，活动中心的门开着，有小孩在里面打乒乓球，一来一往地，战况还挺激烈。四个女生站在门边看，突然，一个小个子男孩从里面跑出来，紧接着，一个高个子男孩追了出来，手里还拿着一把刀，大吼："陈森！等我抓到你就砍死你！"

那个叫陈森的男孩边跑边说："不怪我，不怪我……"

顿时，四个女生被这一幕吓得脸色煞白，张灵最先反应过来，追了过去："站住！都别跑了！蔡浩然！把刀放下！"

刘擎、王新会、赵瑞虹也纷纷跑过去堵人和夺刀，但跑不过顽皮的蔡浩然，折腾了好一阵，最后以蔡浩然停下来嘲笑摔倒的王新会、刘擎趁机从他背后把刀夺走结束。

刘擎气喘吁吁地拿起刀一甩——好险，是塑料玩具刀。

"哈哈哈哈……"蔡浩然仰天大笑，"大家快出来看，老师被我吓倒了，哈哈哈哈……"

王新会的膝盖摔破皮了，她坐在地上，怒气冲冲地瞪着罪魁祸首蔡浩然。

陈森乐滋滋地跑过来，也跟着笑。

"蔡浩然！陈森！你们太过分了！"张灵把王新会扶起来，对刘擎和赵瑞虹说，"先回宿舍吧，我去拿消毒用品给新会。"

蔡浩然和陈森笑嘻嘻地看着，对张灵的责备根本不为所动。苏映红听说了这件事，把他们教育了一番，然后让他们给王新会道歉。

陈森应付式地说了声"对不起"，蔡浩然则踉踉地说："王老师，这是我们的欢迎仪式，很别开生面吧？"

面对如此顽劣的小孩，王新会不爽地"啧"了一声。

苏映红表情严肃地拍了拍蔡浩然的肩膀，于是，蔡浩然又开口说："不打不相识，王老师，以后你要是遇到不听话的小孩，交给我，我保证把他收拾得服服帖帖的，有我罩着你……"

苏映红眉头一紧，没等话说完，直接把两个男孩拉走了。赵瑞虹惊讶地说："这就是道歉？小小年纪，说话这么'社会'？"

张灵双手环胸："就这，还是苏主任拉着他们做了半小时的思想工作才有的！"

王新会咋舌道："这些孩子也太……太……"

上学时语文成绩不错的她，竟找不到词语来形容了。

"没人管没人教，所以就成了千人憎万人嫌的'小恶魔'呗。"张灵叹了口气，"类似的恶作剧多得是，我原以为自己在这里待了那么久已经见怪不怪了，没想到今天还是吓到了我，看来是我修行不够啊。'小恶魔'在升级，我们也得跟着升级，要不然怎么'精准打怪'？"

王新会抚了抚膝盖的伤处，说："小孩子玩这么疯狂的游戏，家长不管吗？"

"蔡浩然的妈妈已经死了，他的爸爸蔡三金是'三全地区'有名的毒枭，通缉令贴得到处都是，只要提供有效线索就奖励二十万元……剩下一个年迈的奶奶守在家里，能让他们吃饱穿暖就不错了！"

刘擎的眼睛一亮："哇，二十万，仅仅是提供线索吗？那要是抓住他，岂不是要奖励上百万?！"

"你有本事抓到他再说，他身上背着的人命，两只手都数不过来。"张灵说，"还有那个陈森的爸爸陈德林，自己造了一艘潜艇运毒，一次就能运上百公斤，现在也潜逃在外。"

"自制潜艇运毒？"

看着三人瞠目结舌的样子，张灵笑了："那些毒贩运毒的手段多了去了，还有用猫头鹰运毒的呢！有人驯养猫头鹰，将毒品绑在猫头鹰的爪子上，每次能运几公斤的毒品。之前有个人养了一百多只猫头鹰，你们算算，一只猫头鹰最多能运五斤毒品，那一百只猫头鹰呢？"

"天哪……"三人仿佛在听天书似的，大开眼界。

晚上，所有社工在二层的食堂一起吃饭。

这天的晚饭很丰盛，为了欢迎她们，苏映红买了一只烧鹅，周小钦做了砂锅鱼等好几道当地家常菜，每个人的酒杯里都倒了米酒，吃得十分痛快。吃到一半时，张灵出去接了个电话，然后拎着两个装着打包盒的大塑料袋回来了："生腌来啦！"

大家一阵欢呼。

张爸爸做的生腌不仅量大，色泽还诱人，海虾、青蟹、蛤蜊等都吸满了特调的料汁，鲜香扑鼻。苏映红感叹道："张灵，你爸爸太客气了，这简直是海鲜聚会。"

张灵挥挥手："吃吧吃吧，我爸平时闲着就爱做这个，我让他开饭店，他又不开，哈哈！"

周小钦夹了一只血蛤吃，满意得夸赞连连，他把打包盒朝三位新人面前推了推："你们一定要尝尝，这是全营的特色海产，以前还没有人做'猪肉'的时候，'全营血蛤'是最出名的。"

王新会小心翼翼地夹起一只血蛤吸了吸汤汁，说："哇，有种茹毛饮血的感觉。"

刘擎之前在其他地方吃过生腌血蛤，所以并不畏惧，不过张爸爸调的料汁比她之前吃过的好吃，热辣的刺激感和海洋的鲜爽直冲鼻腔，愉悦的气氛充斥着整个房间。

谈笑间，桌上的美食很快就被一扫而空，苏映红举杯起身，满面红光地说："'向日葵'的队伍日益壮大，我很高兴。向日葵是光明之花，它象征着阳光、健康、活力，我们需要帮扶的对象是暂时被乌云遮蔽光芒的花朵，他们渴望着光明，期盼着被看见与理解。社工作为光明的传递者，若能在孩子们的心中种下一束光，他们的人生就会有希望，不再迷失方向。拯救孩子的灵魂是一项伟大的事业，我们要践行爱与责任，将不屈不挠、向阳而生的精神，播撒至每一颗需要慰藉的心灵……在此，我们向自己致以最崇高的敬意，因为我们是这项伟大事业的践行者；我们也向未来致以最美好的祝愿，因为未来将见证我们共同创造的奇迹！"

"敬自己，敬未来！"大家笑着碰杯。

第二天，刘擎、王新会、赵瑞虹三人跟着另一位社工苏静开展工作。

苏静说话的声音糯糯的，给人的感觉温柔可亲。她带着大家打扫活动中心，将地上的乒乓球、窗边的跳绳都一一归位，每个用品原本放在哪儿，细心的她总是很快就找到了。好不容易收拾完毕，四人开始拖地。刘擎热得直冒汗，但看到脏兮兮的地面变得干干净净，成就感一下子就抵消了疲惫感。

一个上午很快就过去了。休息时间，刘擎拿出手机来玩，发现"瓜子群"时不时有消息弹出，是谢莹莹等人在询问镇上的情况，刘擎想回复，王新会看到了，立即阻止她，说："别回。"

"为什么？这有什么不能说的？"刘擎一头雾水。

"别人回了吗？大家都不回，你为什么要回？"

刘擎一怔——是啊，"瓜子群"里似乎只有问问题的，没有回答问题的。

王新会又说："你以为她们这些'逃兵'是关心我们吗？不是的，她们只想听我们把这里的情况说得很惨，这样才能满足她们逃跑的心，不然她们不是亏了？如果我们把这里说得很好，她们又会质疑你。所以，没必要把时间浪费在这上面。"

赵瑞虹点点头："是的，我们做好自己的分内事就够了。"

刘擎想了想，觉得她们说得有道理，遂把"瓜子群"设置成免打扰，把消息都屏蔽掉。

中午是在食堂吃"大锅饭"，三个大不锈钢桶，一个桶里装着猪肉炒卷心菜，一个桶里装着西红柿炒鸡蛋，最后一个桶里装着米饭，桌上还有几个长方形盒子，装着不同口味的腌制小菜，大家各自拿着自己的饭盒装菜，吃多少装多少。

刘擎觉得这样的氛围很舒适，不用头疼吃什么，更不用头疼吃多少钱的，大家坐在一起热热闹闹地边聊边吃。

吃过午饭，刘擎、王新会、赵瑞虹去院子里找苏静继续下午的工作，只见对方从停车处推来一辆电动车，拍拍车后座，问："谁的体重最轻？"

赵瑞虹举手："我最轻，我九十斤。"

苏静一抬下巴："那瑞虹过来坐我的车，今天电池没充满，所以得找个轻的载。对了刘擎，你会骑电动车吗？"

刘擎神气地说："会啊，我还会骑摩托车呢，我以前老偷骑我爸的摩托车出去兜风，哈哈。"

"真棒！那就不用借苏主任的电动车了，你直接骑老周的摩托车吧，就停在那边。"苏静指了指停在前方的一辆深蓝色摩托车，又冲院子里喊了一声，"老周，借你的摩托车用用啊！"

"好咧！"正在修理窗户的周小钦停下手里的动作走过来，"谁要骑？"

苏静指了指刘擎。

周小钦把车钥匙放到刘擎手里，笑着说："我这摩托车开好多年了，前几天我还收拾了一下，勉强骑骑，你骑的时候注意着点。"

刘擎拍了拍胸口："放心吧，我爸那台'老爷车'比你的还要老，我都能骑！"

说完，她一脚跨上摩托车，一拧油门，发动机"嗡"地冒出一股黑烟，把站在后面的王新会熏得直挥手。

"上来吧，新会。"刘擎自信满满。

王新会胆怯地坐上车，提醒道："刘擎，你真的会骑吗？我没坐过，不会出事吧？"

刘擎嫌弃道："乌鸦嘴！不敢坐就算了。"

王新会只好抱紧了她的腰，不出声了。

启程了，四个人，两台车，顺着乡间的路朝目的地陆远村前进。

第三章
毒村的下一代

到了。

刘擎好奇地打量起四周——这就是远近闻名的"毒村"？

来之前，苏静特意叮嘱，所有人都要听她的安排，跟紧她，别掉队，还嘱咐她们不要乱说话，更不要随意去村民家走动。

于是，刘擎幻想中的陆远村就变成了——

到处都是碉堡式建筑。

建筑的孔洞中，是一双双令人畏惧的眼睛。

随处可见注射用的针头。

在村路上行走的村民，随身携带着刀、枪。

一言不合，就挥刀乱砍，子弹横飞……

但刘擎走进村里却发现，这里其实就是一个普普通通的南方村庄，也就建筑物有些特别：一栋栋二层或三层高的楼房，家家户户都紧挨着，如果想从这家的房顶走到另一家的房顶，毫无障碍，如履平地。

细看下来，还有一个特别的地方：这里到处都是禁毒的宣传标语，有刷在墙上的，有写在横幅上的，如"清除毒品祸害，造福子孙后代""人生再成功，沾毒一场空""金山银山，吸毒耗光，沾染恶习，家破人亡"……

禁毒标语组成的海洋，宣示着"毒村"的今天。

苏静先带她们去了村委会。

村主任叫蔡建林，六十多岁，身体还算硬朗，说话中气十足。

苏静和他寒暄起来："蔡主任，这几位是'向日葵'新来的社工，和我一起去村民家走访的，来之前，我们的苏主任跟你打过招呼。之前听镇上的陈书记说，你是个责任心强、处处为村里着想的人……"

蔡建林摆摆手，谦虚道："哪里哪里，我这是硬着头皮上的，村主任没人干了，非要选我出来干。"

两人客气地聊了几句，话题回到这次的走访上。

蔡建林感慨地说："这个'向日葵工程'我是一定支持的，孩子就是未来嘛，现在陆远村的老中青几代几乎玩完了，要是孩子这一代也搞不好，陆远村就没有希望啦。唉，不管历史多么悠久，经济怎么发展，说到底，还得靠人。人有干劲了，什么都有；人废了，一切都完蛋。"

苏静点点头："党和政府耗费人力物力开展'向日葵工程'，

就是绝不放弃任何一个孩子。蔡主任你看，这三名新人，个个都是成绩优异的大学生。这是新会，这是瑞虹，这是刘擎，刘擎还是心理学专业的，对青少年心理问题比较了解，以后像蔡浩然、蔡子琪、林子轩那些孩子，就可以专门辅导了。"

"提到这些孩子的名字我就头痛。这个村子很多家长都不乐意让自家孩子跟他们玩，怕被带坏了……唉，不说了，现在有人管了，太好了！"

介绍完一些基本情况后，蔡建林先带她们去了问题最大的家庭——蔡浩然家，也就是大毒枭蔡三金的家。

蔡浩然的家建得极其奢华，一砖一瓦尽显贵气。外墙雕刻了精美的古典图案，屋檐上还耸立着栩栩如生的凤凰雕塑，它们不仅是装饰物，更是屋主身份、地位的象征。蔡建林说，以前这里顶层的天台还放着一尊大金佛，别人家的金佛是表面贴了金箔，这一家的是纯金打造、实心的，每当太阳升起的时候，发着光的金佛俯视着整个陆远村，别提有多威风了。

如今，金佛没了，蔡三金家也冷冷清清的，只有一个年迈的老人在弄柴火——这位便是蔡三金的母亲，林淑慧。

蔡建林带头向林淑慧说明了社工们的来意，林淑慧听完，说了几句方言，愁容满面。

蔡建林翻译给大家听："她说，活着还不如死了，三个儿子全都制毒贩毒，两个被枪毙，一个在逃，家里也是一团烂糟事，谁也帮不了，唉……"

社工们面面相觑，不知道该说什么安慰这位愁苦的老人家。

苏静俯下身子帮林淑慧一起整理柴火。这里似乎是室外的杂物间，东西摆放得有些乱，还有剩饭发出的馊味，难以想象，这里曾经是一个富豪的家。

其他人也跟着帮忙，林淑慧看见了，努力说着社工们能听懂的白话："谢谢，谢谢，不用管了，进屋喝茶。"

整理完，大家跟随林淑慧走进宽敞的客厅。映入眼帘的便是纹理细腻、造型流畅的原木茶桌，阳光透过半掩的窗帘洒在茶桌表面，金色的光斑与木纹交织在一起，更显其典雅之气。茶桌的四周摆放着几套精致的茶具，瓷白如玉，釉色温润，与茶桌相得益彰。

社工们赞叹着屋内的陈设，陆续坐下。林淑慧在摆弄茶具，嘴里嘟囔着什么，蔡建林继续做起了翻译："她说，这茶桌当初买的时候花了二十多万，三金付款的时候，眼睛都不眨一下。现在给大家泡的鸭屎香也是最高档次的，普通人都买不到……"

茶冲好了，林淑慧终于坐了下来，向众人倾吐心中的苦闷——

大儿子的两个孩子，一个不学好，已经被抓进去管教了，另一个孩子本来成绩挺好，后来跟着一群不良青年混，说什么"学习再好也挣不了多少钱，还不如搞'猪肉'"，现在也在服刑；二儿子被枪毙了，他老婆染上了毒瘾，被抓去强制戒毒了，孩子由远房亲戚照看；小儿子三金不知道躲到哪儿去了，他老婆在逃跑途中被击毙，留下蔡浩然和蔡浩杰两个调皮鬼给老人家带……

"我这条烂命也不知道能撑多久，我要是闭了眼，孙子们该怎么办啊。"说着说着，林淑慧哭了起来，苏静连忙递上纸巾，轻拍对方的肩膀以表安慰。

眼看着他起高楼，眼看着他楼塌了。刘擎深刻地体会到，人生路上的每一个选择，都如同舵手手中的船舵，引领着命运之舟驶向截然不同的彼岸。毒品这个魔鬼，悄无声息地毁掉了一家人的幸福与希望，让人扼腕叹息。

待林淑慧的情绪平复下来，苏静问起了蔡浩然和蔡浩杰的情况。没有父母的管教，两个男孩的情况自然非常糟糕，包括但不限于：经常不做作业、成绩是全班倒数、课堂上辱骂老师、课间玩危险游戏、喜欢整蛊同学。

苏静仔细在笔记本上记录完后，对林淑慧说："奶奶，你别担心，以后浩然和浩杰有我们帮忙照看了。跟在我身边的这几位都是正规大学的毕业生，有我们在，浩然和浩杰一定会好起来的。"

林淑慧感动得不知道说什么好，跟在场的人连连致谢。聊了一会儿，林淑慧想留她们在家吃饭，苏静以还要走访其他家庭为由拒绝了。

从蔡浩然家出来，社工们又跟随蔡建林的步伐，走向了蔡静静家。

蔡爷爷正坐在家门口吸烟，得知众人的来意，他垂头放下烟筒，缓缓开口。

蔡静静的性格跟她的名字完全不沾边，正在上小学五年级的她，染了一头五颜六色的头发，不知道是谁给的染发钱，更不知道她是在哪个发廊染的，反正她就顶着这头张扬的发色每天上下学，到处惹事，老师们对她是敢怒不敢言。

说起家中其他人的情况，蔡爷爷的眉心拧得更紧了。蔡静静的爸爸在扫毒行动中逃去了国外，继续做毒品生意，在一次交易中为争夺资源被枪杀了；蔡静静的妈妈因为制毒贩毒在监狱服刑中，判的是无期；蔡静静的大哥高中毕业后就去了深市打工，不再跟家里联系；蔡静静的二哥算是全家唯一的希望，刚上高一，学习刻苦，假期还会打零工补贴家里。

"要是静静能像她二哥长兴一样懂事就好了，唉，这孩子小时候挺乖的，怎么长大就成这样了呢！我也不知道怎么管，我也就能让孩子们吃饱穿暖的。"蔡爷爷叹息一声，拿起烟筒，再次吸起了烟。

刘擎发现，蔡静静家的情况跟蔡浩然家十分相似，住宅建得很豪华，但屋里的卫生以及孩子的脾性都是一团糟。因为只有老人在管孩子，最多能保证孩子吃饱饭，吃好甚至都不太可能——这些问题家庭此前的富裕生活都是靠制毒贩毒换来的，扫毒行动后，不义之财都被冻结收缴了，所以，他们虽然住在华丽的房子里，实际上处于贫困状态。

一些没有涉毒的村民对这些问题家庭的成员都会比较防备，担心孩子"近墨者黑"，跟着学坏了——事实也如此，这些问题家庭的孩子面临着诸多教育问题，会给他们自身的成长以及身边的孩子带来不容忽视的负面影响，如同涟漪般扩散。

谈了大约一小时后，大家出来了。

苏静问大家有什么想法，刘擎开玩笑地说："最大的想法，是又喝了一肚子茶水。"

大家笑了，沉重的气氛也有所缓和。

王新会挠挠头："孩子的问题太多了，就像牛身上的虱子，想抓都不知道从哪里下手。"

赵瑞虹回头看着装修华丽的小洋楼，感慨着："外表光鲜亮丽，内部千疮百孔，这不仅是物质上的巨大落差，更是道德与法律的双重审判。"

蔡建林一边领着社工们往前走，一边说："我是在这个村长大的，趁着还能说还能走，就想给村里多做点事。我给蔡浩然家申请贫困补助的事，有很多村民不理解，说给毒贩家申请补助，像话吗……无论那些人怎么说，留下的老人是无辜的，孩子也是无辜的，他们都享有被关怀和帮助的权利。"

接下来，社工们又走访了另外两个涉毒家庭，再出来时，已经是下午五点多。

村里的小学放学了，寂静的村庄一下子沸腾起来。

小学生们在路上呼朋引伴地叫喊着，有调皮的男孩把书包甩得飞起，女孩们三五成群，吃着从附近小卖部买的零食，说说笑笑，经过社工们的身边时，有胆大的女孩发问："姐姐，你们是干什么的？"

"我们是'向日葵'社工组织。"

"向日葵？花店的？"

一个男孩大声说："真笨！你没吃过瓜子嘛，瓜子就是从向日葵里掉出来的，她们是来收向日葵炒瓜子的。"

"我们村又不种向日葵。"

"那也许她们是卖瓜子的呢？"

听着天真可爱的孩子们因为瓜子引发的争论，社工们和蔡建林都忍不住笑了。

刹那间，刘擎领悟了"孩子是未来"这句话的真谛。以前她觉得这就是空洞的陈词滥调，但这一刻，她亲眼见证了孩子们带给村庄的勃勃生机，小小身影踏过的土地仿佛绽开了一朵朵希望之花。

忽然，有人大声叫道："擎天柱！擎天柱！"

顺着声音看去，一群男孩朝她们跑来，刘擎认出了带头的人："咦，这不是蔡浩然吗？"

蔡浩然似乎是这里的孩子王，他冲刘擎喊"擎天柱"，一群小跟班也笑嘻嘻地跟着他喊。

刘擎终于反应过来他们是在喊自己，好奇地问："为什么叫我擎天柱啊！"

蔡浩然神气地说："因为你名字里的'擎'是'擎天柱'的'擎'！"

刘擎哭笑不得。

蔡建林批评道："不准给老师起外号，应该叫人家刘老师。"

刘擎倒是没有生气，笑呵呵地说："没事，记不住我名字的话，叫'擎天柱'也行。你们会写'擎'字吗？上面一个'敬爱'的'敬'字，下面是'手'字，联想起来就是擎天柱举手托着天……这样是不是就能记住这个字了？"

"记住啦！"孩子堆里没消停几秒，有个男孩忽然冲着王新会喊："大黄蜂！大黄蜂！"

瘦瘦的王新会不情愿接这个外号，有些急了："为什么叫我大黄蜂啊，我体形又不大。"

男孩说："因为你穿黄衣服啊，还站在擎天柱旁边，不是大黄蜂是谁？"

孩子们笑成一片。

王新会不服气地指着赵瑞虹说："那赵老师呢？"

"嗯……她穿黑衣服，叫铁皮吧……"

赵瑞虹双手叉腰："一个擎天柱、一个大黄蜂，怎么轮到我就叫铁皮了？不行！"

孩子们一阵嘀嘀咕咕的讨论，最后，蔡浩然一锤定音："叫红蜘蛛！因为她的名字里有'虹'！"

赵瑞虹笑得差点弯下了腰："红蜘蛛……哈哈哈哈，好'中二'的名字，行！"

蔡建林摇摇头，叹了口气："一群小屁孩，不该懂的懂了一箩筐，该懂的狗屁不懂。"

"也不能这么说。像《变形金刚》这部电影，他们能记住那么多名字；书本上的知识天天看，他们却记不住几条。说明教育得讲方法的，不可以一味地灌输，要找对方法。"苏静看了看手机上的时间，"时间不早了，蔡主任，谢谢你今天的帮忙，我们该回去了，后面还得来打扰你。"

"客气了，不打扰，不打扰，欢迎下次再来啊。"

蔡建林转头让孩子们赶紧回家做作业，但没人听他的话，非要跟在社工们的后面走，直到看着刘擎跨上了摩托车，一踩脚踏，一股黑烟随着轰隆声喷出，孩子们发出"哇"的惊呼。

夕阳西下，社工们在嬉闹声中离开了陆远村。

天渐渐黑了，社工们回到机构大楼，苏静要去整理今天的走访结果，刘擎、王新会、赵瑞虹则打算在一层看看再回宿舍。三人路过心理辅导室的时候，看见苏映红在跟一个女生谈话，女生的手腕上缠着一圈纱布，说话一抽一抽的，看起来是遭遇了十分难过的事情。

她们好奇地询问外面的社工怎么回事，对方回答："这个女生割腕自杀了，幸亏被及时发现救了回来。她属于'向日葵'的帮扶对象，所以就读的学校联系了苏主任，希望我们能给她做心理疏导工作。"

自杀？

三人听到这个消息时，十分震惊。

从古至今，我国的文化习俗都不提倡自杀。一些地方还有明文规定，说自杀的人属于横死，不能入宗祠。所以，刘擎一直觉得自杀这件事离自己挺遥远的。

然而，眼前这个女孩却刚从死神的手里被夺回来。

最让人痛心的，就是未成年自杀了。

回到宿舍，坐在电脑前，刘擎点开浏览器搜索"未成年自杀"，出现的词条数量令人触目惊心。这个现象无疑揭露了当代教育乃至整个社会中潜藏的危机，它仿佛一面镜子，映照出未成年人的精神世界所面临的动荡与挣扎。未成年自杀率的攀升，往往是多方面因素交织的结果，而在"三全地区"，又叠加了"涉毒家庭"这个更为特殊的条件。

刘擎看着电脑屏幕，觉得自己微小如尘埃，对这个世界来说，她只是一个平凡的女孩，面对看到的苦难，她悲从中来，却又无能为力。

晚上，苏映红在"向日葵"的工作群说了割腕女生的情况。那个女生因为父母涉毒，在学校里长期被歧视和排挤，一时想不开，做出了割腕这样的自杀行为。

"我们面对着一群特殊的孩子，他们的每一步成长，都伴随着不同寻常的挑战与磨砺，他们需要我们的格外关注与理解。

"书本上的教育方法不一定能给我们准确的答案，很多时候我们需要自己去摸索。我们是一群摸着石头过河的人，如果摸不好，有可能会把孩子再次推向深渊——就像那个割腕的女生，如果我不耐心地陪她谈谈，让她知道世界上有人关心她，那么下一次，在她再次遭受打击时，她就有可能完全放弃自己……"

刘擎慢慢看完苏映红发的话，受到了很大触动，在笔记本上写下自己的心得：

"在社会工作这个领域，我们被赋予了'心灵的抚慰者'和'社会的桥梁'这样的角色。我们面对的是一个个鲜活的生命，要倾听、要理解、更要给予支持，帮助那些处于困境中的人找到前行的力量。

"'社工'不仅仅是一份职业，更是一种使命和召唤。我们就像是黑暗中的一束光，照亮那些需要帮助的人的道路。每个人都值得被尊重和爱护，每个故事都值得被倾听和理解。

"这是一份充满挑战，但同时也充满无限可能的工作……"

刘擎没想到平时老是嘻嘻哈哈的自己，静下心来却能写出那么深刻的感慨。她合上笔记本，想起自己已经很久没有专心看书了，于是起身前往"向日葵图书馆"。

现在临近晚上十点，刘擎走进阅读区，里面只有一个人坐着——那个割腕的女生。

刘擎在书架前挑了一本书，轻手轻脚地坐到了女生的对面，然后朝她笑了笑，主动开口："在看什么书呀？"

女生抬起头，说："《额尔古纳河右岸》。"

"哇，迟子建的名作，我看过，文笔特别好，写得非常触动人心！"

"是呀，我特别喜欢这本书，可惜我现在还没有钱，等我有钱了，一定要买一本收藏。"女生笑着说。

刘擎听完特别高兴，她注意到了一个字——"等"，既然她还愿意等，那就说明她暂时不会寻死了。

"我叫刘擎，你叫什么名字？"刘擎说。

"我叫刘丽娜。"

"真巧，我们都姓刘。我是'向日葵'新来的社工，你可以叫我擎姐，是擎天柱的'擎'。"刘擎不自觉地用蔡浩然的方式介绍起自己的名字。

"好的，擎姐。"刘丽娜莞尔一笑。

通过攀谈，刘擎了解到，刘丽娜今年 14 岁，在全营镇的中学上初二。她爸爸原本经营着一家果园，后来有人花大价钱租用了园里的一小块地方，刘丽娜爸爸出于好奇，悄悄去看，发现那里搭了一个黑帐篷，三五个人戴着猪鼻子面具在里面鼓捣什么东西，还有难闻的气味传出来。刘丽娜爸爸担心他们是在做危险实验，想让他们离开，没想到，那些人直接扔给刘丽娜爸爸一捆又一捆的钱……

这几捆钱，彻底把刘丽娜爸爸的心理防线冲垮了，他开始觉得水果生意索然寡味了。渐渐地，刘丽娜爸爸也加入了制毒团伙，赚了一大笔钱，让全家人过上了贵族般的生活。

然而，好景不长，刘丽娜的爸妈先后染上了毒瘾。制毒的人还吸毒，远比单一的吸毒还要恐怖。因为吸毒还要考虑资金和资源的问题，他们则是想吸就吸，欲望的阈值越来越高，吸毒的量也越来越大，终于，两夫妻因为吸食过量的毒品，死了。

刘擎听完十分心疼，她放下书，握住刘丽娜的手："丽娜，晚上要不别回学校的宿舍了，在擎姐的宿舍睡？"

"苏老师让我去她的宿舍睡，她晚上回自己家住了。她还说，只要我想，随时可以住她的宿舍，随时来'向日葵'找她玩……"

刘擎点点头，说："不仅可以找苏老师玩，也可以找我，'向日葵'的所有老师都欢迎你来。"

不知不觉间，两人聊到了十一点多，刘擎一看墙上的时钟，知道已经很晚了，连忙把刘丽娜送到苏映红的房间，然后回自己的房间休息。

这一天刘擎经历了太多的事情，关于"毒村"的境况，关于刘丽娜的梦想……她在床上翻来覆去的，感觉还没进入深度睡眠，早晨的闹钟就响了。

"这个点起床也太痛苦了吧！"

刘擎挣扎着起身，慢悠悠地洗漱换衣服。出门时，正好在走廊里遇到背着书包出来的刘丽娜。

"丽娜，走，姐带你吃早餐。你们潮东人早上爱吃什么？"

"粿条吧。"

"好，我请你吃粿条。"

"不用啦，擎姐，我，我还有零花钱……"

"请你吃一顿粿条而已，又不是什么豪华大餐，走吧走吧，吃完顺便陪你去学校，我也正好看看你们学校什么样子。"

刘擎热情地挽着刘丽娜的胳膊，一边说笑一边下楼，走到一楼时，遇见了刚停好车的苏映红。

刘擎说："苏主任，早上好啊，我带丽娜去吃早餐。"

苏映红笑眯眯地看过来："好啊，丽娜，你跟刘老师去吧，有什么事情记得给我打电话，我的手机不关机的。"

"嗯，记住了。"

刘丽娜从口袋里取出宿舍房间的钥匙，要给苏映红，苏映红摆摆手："我还有备用的，这把你拿着就行。对了，我车后备厢有一辆旧的折叠自行车，还能骑，你以后可以骑它过来，节省时间。在学校的话，自行车就停在你们物理老师住的宿舍楼前面的停车区，我已经跟她说好了。"

"谢谢，谢谢苏老师，你对我太好了……"刘丽娜感动地说。

"客气什么，以后就把我们当作你的朋友，朋友之间就是会互相帮忙、互相照顾的。"苏映红打开车后备厢，从里面拿出一辆红色的折叠自行车安装好，放在地上。刘擎走过去调整了一下座椅的高度，让刘丽娜试试，刘丽娜开心地骑上去转了两圈。

"那就你慢慢骑，我跟在后面走吧，你带路，我正好多走走，减肥！"刘擎说。

刘丽娜带着刘擎来到一家名为"林记粿条"的粿条店前。正在门口忙碌的老板娘一看到刘丽娜就黑了脸，刘擎让刘丽娜先去找位置坐下，然后站在价目牌前看了看，问："丽娜，你要吃牛腩的还是牛肉的？"

"素的就行。"

"不行，我给你点个牛腩的吧，我要牛肉的，这样等下我们可以换着吃——老板，一碗牛肉粿条，一碗牛腩粿条。"

老板娘瞥了一眼刘丽娜，面露不悦。在一旁切菜的老板小声对老板娘说："老婆，算了，都是客人……"

老板娘瞪了他一眼，拿起一把粿条放进锅烫熟，然后捞起来放进碗里，倒上汤料和配菜。做好之后，刘丽娜起身端到餐桌上，直面老板娘冷漠的眼神。

刘擎注意着一切，待刘丽娜坐好后，她支支吾吾地开口："那个……丽娜……"

刘丽娜好像没事发生一样："姐，趁热吃吧，这家的味道很正宗的。"

刘擎拿勺子搅拌着碗里的菜，还是没忍住说："但是这家店的老板对你……"

"擎姐，我不在意的。"刘丽娜坦然道，"我要是他们，也会恨的。"

刘擎惊讶地抬起头来。

"他们的儿子林容强，是学化学的大学生，我爸找他研究制毒仪器，做着做着，他就直接跟我爸混了，荒废了学业。后来，他也吸毒了，现在在戒毒所强制戒毒……他是这个家唯一的孩子，却被我爸毁了，哪能不恨呢。"

听着刘丽娜的述说，刘擎不自觉地看向那对夫妻，女人梳着短短的马尾，头发花白；男人留着稀疏的平头，头发也是白了一半。看得出，儿子坠入毒品深渊一事，给他们带来了无比沉重的打击。

"那你为什么还带我来这里啊？不怕遭白眼吗？"刘擎问。

"因为他们家做得好吃呀。"刘丽娜夹起一口粿条送进嘴里，露出淡淡的笑意。

粿条汤的汤底鲜香，胡椒的刺激和米香的馥郁交织在一起，再加上店里自制的橄榄脯和咸菜脯，使得粿条的口感更加出彩。店里给的分量也实在，满满一大碗，配上大块的牛肉，吃到肚子里又暖又饱腹。

看着埋头喝汤的刘丽娜，刘擎觉得，刘丽娜的内心其实十分强大，虽然她做出了轻生的举动，但她并不脆弱，能够坦然接受父母带给自己的负面影响。至于谣言给她造成的心病……还需要时间去治愈。问题家庭的孩子，或多或少都会受人歧视，他们听过的难听话，是刘擎这种正常家庭的孩子想象不到的。刘擎能做的，只有多陪这些孩子谈谈心，把缠绕在他们心中的"结"解开。

吃完早餐，刘丽娜表示如果刘擎忙的话就别送她去学校了，刘擎想了想，如果她跟着去的话，刘丽娜还得慢悠悠地骑自行车，于是说："那你去吧，注意安全。记住了，要是有困难就直接给我们打电话啊。"

刘丽娜点点头，骑上车走了。

刘擎看还有时间，决定在附近逛一会儿再回去。

朴素的街道，稀疏的人流，没有什么特别之处。她打开手机随便看了看，巧了，谢莹莹和贺文芷一前一后各发了一条在地铁上的朋友圈，乌泱乌泱的人群，挤得如同沙丁鱼罐头。她看得有点晕，又有点羡慕。是的，羡慕——刘擎一方面向往着广阔无垠的新疆，一方面又向往着繁华拥挤的广海。可是全营镇没有她所向往的城市的特点，就是一座普普通通的海边小镇，这让她忽然有种偏离主航道的感觉。

许多同学选择在光怪陆离的大城市发展，待在全营镇的她仿佛生活在另一个世界，一个还停留在男耕女织的落后世界。她想起前几天和王新会聊天时，对方的感叹："如果全营镇在广海市，我就不用考研了，能踏踏实实地干下去了。单纯为了以后好找工作，而不是以学科研究为目的的考研，有必要吗？"

刘擎开始反思，每个人的人生轨迹是否真的需要遵循某种既定的模式？在大城市追逐名利，或是留在小镇安宁度日，哪一种生活才是所谓的"正确"？

不知不觉，她已经朝着机构所在的方向走去。经过一家小卖部时，她看见里面正放着电视剧《倚天屠龙记》，范遥在劝赵敏："郡主，世上不如意事十居八九，既已如此，也是勉强不来了。"

但那明艳的少女朗声说："我偏要勉强！"

刘擎苦笑一声，继续往前走。

上午，苏映红召集大家在机构二层的会议室开会。

等人都到齐后，她放下手里的文件，说："家长们普遍反映想让社工们帮忙辅导孩子的作业，大家有什么意见？"

刘擎主动举手，苏映红点头："刘擎，你说。"

"我昨天去陆远村走访，发现村里的青壮年不多，有的去周边的城市打工了，有的因为自家做渔业生意，整日出海捕鱼，长期留在村里的人基本上都是上了年纪的老人和未成年的孩子。老一辈只懂得照顾孩子的基础生活，辅导作业根本谈不上，如果我们满足了这一需求，说不定能拉近和那些孩子的关系，是个突破口……"

"问题是，全营镇有二十二个行政村，人员分散，我们即便跟孙悟空一样会七十二变，也变不出那么多人来给孩子们进行一对一辅导。"刘擎的话被陈静怡打断了。

刘擎困惑不已，自己才来没多久，怎么第一次发表意见就得罪老员工了？

然而，不光是陈静怡一个人，在她后面发言的周雨彤、胡雪菲、郑轩获都纷纷表示"理解家长的想法，个人也乐意为学生辅导，但覆盖面太广，爱莫能助"。

苏映红理解大家的担忧，点头道："这件事仍需慎重考虑，我们从长计议吧。"

一散会，王新会就把刘擎拉到没人的角落，说起会议上没人支持她的事："你啊你，不想清楚就着急发言，枪打出头鸟啊懂不懂？"

刘擎挠挠头："我刚才说的话确实欠缺考虑，但没想到连一个支持我的人都没有……"

"那是当然！"王新会看看周围，又压低了声音，"你是出于好心，但额外多出来的工作，谁愿意干啊？而且她们说得也有道理，'向日葵'就这么几株，'瓜子'却要播种到全营镇这片广袤的'大地'上，根本做不过来。"

刘擎恍然大悟，但还是有些不解："出发点不都是为了孩子好嘛，就因为有困难就不做了？"

"说来好听，到时候让你一个人管一个班的学生，你忙得过来吗？"王新会伸手点了点刘擎的脑袋。

刘擎嘿嘿一笑："行吧，反正我也只是提议，一只蚂蚁是左右不了大象前进的方向的。"

正说着，两人的手机同时响起了提示音，两人拿起来一看，是苏静发的消息，让她们到大门集合，带她们去参观全营镇的禁毒展。

老样子，苏静骑电动车带赵瑞虹，刘擎骑周小钦的摩托车带王新会。路上，刘擎忍不住跟王新会抱怨："没时间辅导作业，看展览就有时间了。"

苏静听见了，笑道："觉得我们反对辅导作业这件事很自私是吧？那你算算，我们几个人，全营镇又有多少孩子？能辅导过来吗？有多大能力办多大事，二十二个行政村，需要多少人去辅导一个村的孩子？做什么事之前都要考虑可执行性，不能光有热情，我们是希望的火种，要想让火种持续燃烧，就得保证这点点星火别太早灭了。"

刘擎结合同事们说过的话思考起来，觉得确实有道理，便不再抱怨辅导作业的事了——毕竟，饭得一口一口吃，事情也得一点一点做。

车开了一会儿，一座现代化的建筑出现在她们眼前。崭新的外观带给人强烈的视觉冲击，刘擎十分激动——没想到，全营镇最酷的建筑，居然是禁毒展览馆。

展览馆的大门外挂着不少牌子，有"潮东县中小学生爱国教育基地""全国公安文联创作活动基地""广勤省一级禁毒宣传基地""广溢市中小学生禁毒宣传基地"等，停车场内停着七八辆大巴车，一群戴着红领巾的小学生在老师的带领下按顺序进馆，脸上洋溢着好奇与兴奋的神色。

等学生们进得差不多后，苏静也领着刘擎、王新会、赵瑞虹进去了。

一楼主要是图片展。一张张图片铺设开我国近代史上最为屈辱的那段记忆——鸦片战争。鸦片是无情的魔鬼，腐蚀了无数国人的身心，将国家推向巨大灾难中。

"我们国家真是被毒品害惨了。"赵瑞虹指着其中一张图片，上面是个长辫子男人，眼神空洞地坐在地上吸食鸦片，表面上是活人，实际上已经跟行尸走肉没两样了。

王新会点点头："天哪，他全身上下瘦得只剩皮包骨，估计连最基本的行动能力都丧失了吧！"

越往里走，展示的图片越触目惊心，王新会"嘶"了一声，说："这些图片的视觉冲击力太大了，不适合给刚刚那群小孩子看吧？"

刘擎则说："就是要让孩子们从小看到这种真实的图片，这等于是给他们打疫苗，这样在他以后受到毒品的诱惑时，'疫苗'就能立刻起作用。到时候，一想到这些毛骨悚然的画面，谁还愿意跟毒品沾上关系？"

苏静赞同道："是的，教育要从娃娃抓起。虽然这些图片很可怕，但它们能以最直接、最震撼的方式让孩子们认识到毒品的危害。相比起那些空洞的口号和说教，这样的教育方式无疑更加生动、有效。"

从二楼开始，除了记载历史的展览外，还有世界毒品展。毒品的种类和隐藏的花样繁多，其中，可待因会化身"止咳水"，如果人过度服用，会出现失眠、亢奋、无法自控等症状。这种毒品即便少量服用也会造成严重的药物依赖，有可能引起吸食冰毒或海洛因等更高阶的毒品的连锁效应。海洛因也分好几种，在广海地区出现的海洛因通常以糖果做伪装，外号如"棕色糖""白龙珠"等。还有一种危害性强且传播度越来越广的毒品——大麻，在国外，许多年轻人以吸食大麻为乐，整日浑浑噩噩，不知时日。并且，由大麻衍生的毒品还有数十种，它们不以大麻本身的面目出现，而是以包装精美、有着独特设计的香烟或零食等外观吸引买家。除此之外，毒品还会化身"迷幻药""催眠药""听话水"等，在一些娱乐场所疯狂流通。

"这个，太能迷惑人了。"刘擎指着玻璃柜里的一款新型毒品，"这跟咖啡豆简直一模一样！"

赵瑞虹倒吸一口冷气："要是混在真正的咖啡豆里，普通人根本分辨不出来……"

如果任凭毒品发展下去，社会将陷入前所未有的危机中，文明与进步的基石面临崩溃，整个国家与民族都将承受难以估量的损失与痛苦。而"教育"这一国家与民族未来的希望所在，也将遭受毒品的严重侵蚀。孩子们纯真的心灵，有可能被毒品的诱惑所污染，他们的梦想与未来，将在毒品的阴影下变得模糊不清。

随着展览的深入，刘擎、王新会、赵瑞虹三人从一开始的激烈交流变得愈发沉默。在这份沉默中，她们渐渐有了一份信念，一份想要成为那些需要帮助之人的后盾、带他们走向希望的田野的信念。

参观快要结束的时候，刘擎放在口袋里的手机振动了起来，她拿出一看，是肖可为发的消息："在全营吗？"

刘擎回复："在，我和几个同事现在在禁毒展览馆看展呢。"

"我今天在全营镇办事，叫上你的同事一起吃午饭呗，我开车过去接你们。"

"啊……这也太客气了吧！"

"没关系。我开车了，不说了，等下你们就在展览馆的停车场等我。"

看完展览，刘擎和同事们说了肖可为要请吃饭的事，然后就带她们走向展览馆的停车场。

四人到达时，肖可为已经靠在车门边玩手机了。

"肖可为！"刘擎朝肖可为快步走去，能在陌生的全营镇再次见到熟人，她的心情有些激动。

肖可为笑着问："在这边待得怎么样，习惯吗？"

刘擎说："嘻嘻，比我预想的要好一些。对了，跟你介绍一下，这几位是我在'向日葵'的同事，这是新会，这是苏静，这是瑞虹。"

肖可为一一和她们打招呼并做自我介绍，然后说："时间不早了，一起去吃饭吧，我请客。"

"我们跟着去不合适吧，你这次专程来找刘擎的。"苏静说。

"是啊，我们就不去凑热闹了。"赵瑞虹附和道。

"一起去吧，饭店我都找好了，就'加勒比海鲜'。刘擎，快带你的同事上车。"肖可为转身钻进车里。

刘擎指了指停车场的另一边："我们骑了车过来的，你在前面开吧，我们在后面跟着。"

"去什么'加勒比'啊，那里只是服务好，味道一般。要去，就去'浩然酒家'，张灵说那里的厨师是真正懂海味的老师傅。"王新会说。

"好，就去那儿！"肖可为朝她们做了个赞同的手势，然后关上车窗，发动汽车。

浩然酒家所在的位置十分优越，开在镇政府的斜对面，很好找，且不远处就是海鲜市场，要是店里没有客人想吃的海鲜，可以直接去市场上买回来再加工，方便快捷。

停好车后，众人朝饭店走去。肖可为对站在门边的看着像老板的中年男人说："有包间吗？"对方点头，热情地将他们迎进去。

这家海鲜饭店的装潢十分阔气，大厅的中央是一尊金龙雕塑，四周的墙壁和柱子上都覆有精美的复古花纹，再往里走，左边还摆着一个巨大的鱼缸，造型奇特的鱼在宝蓝色的灯光下游走，恍惚间，刘擎以为自己进了水族馆。

肖可为突然问走在前面带路的老板："这里的前老板是蔡三金？"

老板一怔，有些含糊地回答："嗯……除了三金，谁还有实力开这种规模的店哪。"

联想到饭店的名字，刘擎吃惊地问："浩然酒家，这是以他大儿子的名字起的店名啊。"

老板点点头："三金在最有钱的时候建了这栋楼，这条街还有十几家店铺原本都是他的，现在都被没收了，换了主人。"

苏静补充道："以前这条街还被当地人叫作'三金街'，因为每走几步就能路过他的产业；陆远村那儿还有个'陆远集团'，是蔡三金以村委会的名义，用毒资成立的投资公司；市农业局旁有一栋楼叫'陆远大厦'，现在被一家保险公司买下了，名字也换了。"

"啧啧，这些靠作恶发财的人，最后一定都会得到恶报。"刘擎嫌弃地说。

到了包厢坐下，肖可为把菜单往四位女生的面前推，解释说，自己是北方人，不懂南方菜。

女生们没再推辞，你一言我一语地讨论起菜单上的菜式。杂烩海鲜粥、椒盐濑尿虾、豆酱蒸鲈鱼、蚝烙……不一会儿就点好了菜。

等服务员出去后，苏静问："肖警官，你今天过来是办什么事啊？"

肖可为原本放松的神色很快严肃起来，沉声说："目前，'三全地区'在逃涉毒人员最多的就是全营镇，我来这边是跟同人商讨抓捕计划的。"

王新会瞄了一眼包间关好的门，也压低了声音："原来如此，你是来这边'冲业绩'了。"

肖可为端起茶杯喝了一口，终于说出今天请客的缘由："我们得到线报，说蔡三金已经从海外秘密回国了。现在到处都在严厉打击制毒贩毒，他回来不可能是为了重新'开张'，唯一的可能，就是带走他的两个孩子。你们的主要帮扶对象是涉毒家庭的孩子，如果有跟在逃人员相关的情报，请马上联系我们。"

刘擎有些茫然："我们每天只接触孩子，能有什么情报啊。"

"孩子是极佳的突破口。"肖可为说，"部分主动投案自首的在逃人员，都是出于亲情感召。我们在抓捕过程中也会利用这一点，通过情感攻势，打动他们的内心，让亲情的联结将他们引回正道。"

女生们似懂非懂地点头，这时候，几声敲门声响起，肖可为轻咳一声，说"请进"，两名服务员推着餐车进来，把热腾腾的菜肴摆上餐桌。

凝重的氛围顿时烟消云散，大家笑着动起了筷子。

午饭结束，肖可为要赶回单位开会，四位女生也要抓紧回活动中心继续忙碌。

苏映红给新人们一一分配了工作：王新会去宣传部，负责运营"向日葵"的官方公众号以及相关宣传矩阵的工作；赵瑞虹被分到了外联部，这是组织活动的部门，也负责对外联系；至于刘擎，考虑到她的专业，苏映红安排她去心理部，负责接待有心理问题的中小学生。

"接下来，我一定尽全力给孩子们做好心理疏导工作。"

刘擎说完，信心满满地准备转身离开，又被苏映红叫住："等下……还有件事，我想跟你商量一下。"

"什么事呀？"刘擎定在原地。

苏映红有些试探地说："还是关于辅导作业的事。我们人手确实不够，但家长们的诉求也是存在的，我们得想办法解决。思来想去，我认为这件事还是得推进，家长担心孩子的作业情况，其实是向好的一方面，如果连家长都放弃了，还有谁会在意呢？"

刘擎诚恳地点点头。

苏映红继续说："大面积的辅导完不成，我们就先从小面积试起来，在试的过程中总结经验。我想以陆远村作为试验田，当然，试的前提是不影响眼前的布局。"

刘擎明白了苏映红的意思，她是想让自己去陆远村做辅导作业这个工作。

"那为什么选择陆远村，不选择镇上呢？"刘擎觉得陆远村有点远，想给自己争取一个近一点的工作地点，"先从镇上做起，先易后难嘛。"

"嗯，这倒也是个思路……"苏映红看了看手表，"我再想想吧。孩子们马上要来了，你跟着苏静她们一起干，有什么不懂的就直接问。"

"好的。"

今天是周末，来活动中心的人很多，"向日葵"几乎全体社工都出动了。

五岁到七岁的孩子，组织玩游戏；

八岁到十岁的孩子，组织看书，做手工类活动；

十一岁到十五岁的孩子已经有明显的主见了，会自发组织体育活动，如打乒乓球、篮球，或是去图书馆看书。

还有三位社工驻守在学习室，一些孩子会把作业带过来做，遇到不会的难题就请教社工。

刘擎跟在苏静后面维持秩序，本以为这项工作还挺轻松的，谁知一个不留神，意外就发生了。

最先发现问题的是邱成敏，她在一层里里外外地转了一圈，有些紧张地对身边的人说："咦，新望村的李小牧怎么不见了？"

李小牧今年八岁，他的爸爸李镇在监狱中服刑，妈妈蔡荔枝原本在镇上的菜市场打工，后来政府出面帮她在菜市场租了个摊位，通过卖海鲜，他们家的经济状况大大改善了。平日里，李小牧来"向日葵"总是特别积极，原因也简单——蔡荔枝忙着做生意，没时间管他，在"向日葵"有人管，有人陪着玩，还不收钱。

此时的李小牧应该在图书馆看书的，邱成敏给他拿了一本《没头脑和不高兴》，亲眼看着他坐下来了才去干别的事。没想到一转眼，座位上的人不见了，书还在。

"蔡浩杰也不见了！"苏静焦急的声音响起。

其他社工纷纷帮忙找了起来，询问的声音在活动中心此起彼伏地响起：

"看见小牧了没？"

"知道新望村的李小牧去哪儿了吗？"

"蔡浩杰见到了吗？蔡浩然的弟弟……啊？蔡浩然也不知道去哪儿了?!"

一群人找得满头大汗，突然，外面的小广场上传来蔡浩然的喊声："李小牧，你个蠢猪头，快带我弟下来！"

大家跟着声音出去查看，这一看，把所有人都吓得腿软了——李小牧、赵花戈、蔡浩杰，三个只有八九岁的小孩，竟坐在了顶楼的高台上。

他们这是要做什么？

来不及讨论更多，社工们迅速分成了三组营救小队，一组留在原地盯着孩子们，一组冲去器材室拉海绵垫，最后一组则争分夺秒地顺着楼梯爬上三楼。

从顶楼到外面的天台有一道铁门隔开，铁门平时都是锁着的，可几人到了一看，锁竟然是开着的。不用猜，肯定是哪个熊孩子偷偷打开溜进去玩了。

没有人敢停下来喘口气，全都急匆匆地往天台跑，突然，一个小身影跑到了最前面——是蔡浩然！

"蔡浩然，你上来凑什么热闹啊，赶紧下去！"跑在最前面的苏映红喊道。

"我得去救弟弟！"蔡浩然头也不回地说。

"蔡浩然！快停下！老师会帮你带弟弟下来的！"刘擎紧跟在后，气喘吁吁地说。

等众人终于跑到高台前，才发现是虚惊一场——这座高台离天台的边缘还有一段距离，只不过从下往上看有视觉盲区，会让人觉得很容易掉下去。

邱成敏张开双手："小牧，慢慢下来，我接你。"

"好吧。"李小牧纵身一跃，扑进邱成敏的怀里。

看见李小牧安然无恙，邱成敏终于用手背擦了擦额头的汗，略带责怪地说："小牧，你怎么跑到这上面来了？"

"杰哥心情不好，说上来散散心，我跟鸽子一起陪他。"

"鸽子"大名叫赵花戈，皮肤很白，有着鸽子一样圆溜溜的眼睛，刚刚被苏映红抱了下来。

"花戈，以后不能跟小伙伴这么胡闹了，很危险的。"苏映红皱着眉头给赵花戈拍掉裙子上的灰。

"浩杰，下来呀！"苏静冲蔡浩杰喊了几声，对方呆呆看着远方，没有回应。

蔡浩然抬头大声喊道："蔡！浩！杰！再不下来我就要揍你了！"

蔡浩杰回过神来，低头看看底下的人，然后往下一跳，他跟跄了一下，苏静和刘擎在一旁稳稳扶住了他。

"蔡浩杰，你因为什么不开心，跟老师说说？"苏静关切地问。

蔡浩杰没吭声，蔡浩然抬手拍了他的后脑勺一巴掌："什么事啊？说啊！"

"没有，我就是觉得下面有点闷，所以上来吹吹风。"

"真没事？"

"没有。"

意外事件总算解决了，社工们各自回到自己的岗位上。蔡浩杰跟李小牧回图书馆看书，刘擎和邱成敏看着两个小孩，无奈地叹气。

忽然，刘擎发现靠近走廊的窗边有动静，扭头看去，蔡浩然正趴在窗边往里看，顺着他的目光看去，是蔡浩杰。

"看，蔡浩然那小恶魔，还在担心弟弟啊。"刘擎点了点邱成敏的手臂，示意对方也回头看。

"这调皮鬼，也就关心弟弟的时候有个人样。"邱成敏笑着说。

"蔡浩然，快来玩！"陈森的声音从不远处传来。

蔡浩然不耐烦地摆手，拒绝了。

"来嘛，就差一个人！"陈森跑到蔡浩然身后拉他，蔡浩然重重地推开陈森，陈森没站稳，直接被推倒了，气呼呼的他一爬起来就揪住蔡浩然打了一拳，蔡浩然马上回过头去，跟他扭打起来……

"蔡浩然！陈森！快停手！"没歇多久的刘擎和邱成敏一边喊一边跑过去，费力地想拉开两个"角斗士"，突然，蔡浩杰像头小狮子一样从阅读区里冲出来，拿起一本书就往陈森身上砸，然而蔡浩然和陈森在扭打中调换了位置，尖尖的书角正好砸到了蔡浩然的头上，鲜血流了下来。

"呜呜，哥哥……"见到这一幕，蔡浩杰哭了起来。

蔡浩然随手抹了一下脸上的血，龇着白牙笑："没事没事，看我把陈森打出屎来！"

陈森毫不示弱地回骂："我要打穿你的心肝脾肺肾！"

这时候，苏静和李小牧也过来拉架了，拉扯了好一阵，两个熊孩子才勉强消停下来。刘擎和邱成敏扶着蔡浩然，苏静和李小牧扶着陈森，两边都累出了一身的汗。

小孩是成人的折射，蔡浩然和陈森的打架、对骂行为在这个地区只能算是小场面。毒品盛行那些年，全营镇仿佛每天都在上演黑道电影《古惑仔》，类似"山鸡"这样的街头混混满大街都是，一言不合就开打，蔡浩然和陈森这个年龄段的孩子从小目睹各种暴力事件，所以有样学样。

镇上的人司空见惯，刘擎则捏了一把汗，想到那些早早就宣布退出"向日葵"的人，竟觉得她们目光如炬——

可脚上的泡都是自己磨的，自己做的选择，能怪谁呢？

晚上七点，孩子们一个个被家长接走，社工们终于结束了打仗般的一天。

临走时，李小牧邀请蔡浩杰："杰哥，明天来我家玩吧。"

来接李小牧的蔡荔枝听了，脸色有点难看："小牧，明天不是跟妈妈去县城玩吗？"

李小牧说："那可以上午去县城，下午再回来跟杰哥玩嘛。"

蔡荔枝厉声说："你爸因为他爸坐牢，你还要跟臭鱼烂虾玩是吧？"

蔡浩杰眼红红的，冲蔡荔枝骂道："你才是臭鱼烂虾，你是臭土虱、臭油甘、臭赤目……"

"我是你姑姑，你敢这么骂我，"蔡荔枝指着蔡浩杰大骂，"没人教的野孩子，将来跟你爸一样被枪毙！"

蔡荔枝的娘家是陆远村的，跟蔡三金是同宗堂兄妹的关系，因为蔡三金拉她老公制毒导致坐牢一事，两家人已经闹掰了。

"我爸才没有被枪毙！"

"他是逃贩，将来抓到了就是要枪毙的。你妈不就是被枪毙了？嗤！"

"呜哇！"蔡荔枝的话把蔡浩杰气哭了，蔡浩然走过来搂住蔡浩杰的肩膀，恶狠狠地瞪着蔡荔枝，蔡荔枝小声嘟囔了几声骂人话，带着李小牧骑电动车走了。

蔡浩然用衣服帮蔡浩杰擦了擦眼泪："别哭了，坏蛋被哥哥吓跑了。"

"呜呜……哥，我想妈妈了，呜呜……"蔡浩杰使劲揉着眼睛。

蔡浩然也红了眼眶，他咬紧下嘴唇，拉着蔡浩杰的手要走。

苏映红把自己的汽车开了出来，在两兄弟旁摇下玻璃："浩然，浩杰，上车吧。"

　　蔡浩然心情不好，想装听不见，苏映红又补了一句："走路回去要很久哦，你不怕弟弟走不动啊？"

　　听到这番话，蔡浩然果然停下了脚步，和蔡浩杰转身走到车门边，打开后座的门，上车，关门，全程仍是一声不吭，没有半句感谢。

　　苏映红早已习惯了蔡浩然的没大没小，她笑了笑，准备发动汽车。正在这时，她看见刘擎站在路边，遂把头伸出窗外，喊道："刘擎，上车，带你一起转转。"

　　刘擎出来是为了确认蔡浩然和蔡浩杰的安全的，听到苏映红喊她，没怎么想就上了车。

　　在副驾驶座上坐好后，刘擎便扭头跟后排的两兄弟打招呼："浩然，浩杰，今天在'向日葵'有收获吗？"

　　蔡浩然撇撇嘴，说："我有没有收获，你还不知道嘛。"

　　"这……"饶是刘擎再没心没肺，也听出来蔡浩然是有情绪了，一时间不知道该说什么好，想了想，她说，"你最近的考试成绩怎么样？"

　　蔡浩然懒洋洋地回答："语文 43，数学 67，英语 23。"

　　"你觉得这个分数怎么样？"刘擎问。

　　"不好，一点都不好。"蔡浩然的声音低低的。

　　苏映红找准机会鼓励道："这种小考试并不能代表什么，它们都是平常的检测，检测出来问题，才能更好地改正对应的不足。到了真正重要的考试发挥出所有潜力，考出优秀的成绩，这才是真本事。"

刘擎附和道："对呀，等高考的时候考出好成绩，你就相当于打了那些看不起自己的人的脸，可爽了。"

"噢……"蔡浩然张着嘴巴看着前方，似乎已经幻想起了"打脸"的画面。

蔡浩然很激动，但蔡浩杰仍是看着窗外，沉默不语。

汽车停在了蔡浩然家外面的巷口，蔡浩然拉着蔡浩杰下车，苏映红嘱咐道："看路啊，慢慢走。"

"知道了知道了！这一片我熟得不能再熟了，闭着眼睛都能找到家。"蔡浩然不耐烦地挥手，和蔡浩杰往巷子里走去。

看着两兄弟逐渐远去的背影，苏映红感叹道："蔡浩然长大了，懂事了。"

"呵呵……懂事？"刘擎表示不理解，"苏主任，他今天可是又打了一架呢。"

"他说他的考试成绩不好，这就是进步——他其实知道什么是好，什么是不好。在那样的家庭长大，指望他们出淤泥而不染，可能吗？一张被污染了的白纸，要用时间和耐心一点一点地把纸上的污渍清除，才能还原白纸原本的面貌。"

"所以你经常夸他，让他增强自信心。"刘擎恍然大悟，"这是一种积极的心理暗示，能帮他摆脱原生家庭带来的负面影响。

苏主任，我要向你学习。"

苏映红笑着说："人这一生就是在学习中度过的，其实，我也在向你们学习。"

汽车路过了陆远村的一座座祠堂。夜色下，经历着岁月沧桑的檐角仿佛在诉说世代家族的兴衰。

"祠堂的意义是什么？简而言之就是两个字，祖宗。它不仅是举办祭祖仪式的场所，让人铭记自己的'根'，知道自己从哪里来，更重要的是，它作为家族精神的象征，指引着后人反思——'下一代该往哪里去'。祠堂的主心骨，不是指这些花重金打造的建筑，而是承载着家族希望与未来的孩子们。"苏映红把车停下，对着古朴的建筑群望而兴叹。

刘擎按下车窗看向外面，风吹过祠堂边的大树，发出"沙沙"的声响，是在可惜如今的荒凉吗？

苏映红伸手指向右边："看，那边挨着树的第二座祠堂，花了三百多万建起来的，庇佑子孙了吗？二十多个子孙全部涉毒，死的死，坐牢的坐牢，现在已经没人延续香火了。"

"天哪……"刘擎看过去，那座祠堂造型恢宏大气，然而因为家族的衰败，已经变成了一具黑洞洞的外壳，嘲讽着曾经的辉煌，她若有所思地问道，"苏主任，你今天带我来陆远村，是不是有别的用意？"

苏映红点点头："我在想辅导作业的事……第一个试点我还

是想选陆远村，因为这里是风暴的中心，困难最大，骨头最硬。我想让你来做这件事，我认可你的能力。"

刘擎心里仿佛有一万个声音在说："一定不要答应她！一定一定！"

苏映红见刘擎不说话，重新发动了汽车："该回去了，你慢慢考虑吧。"

车开到陆远村村口时，苏映红说："以前这条路两边全是麻黄草，现在干净多了。"

刘擎看着窗外，说出心中的感受："其实，我就像路边的野草——长相一般，学历一般，没什么本事，只能随风漂泊，随地生长。"

"不要妄自菲薄！"苏映红真诚地说，"刘擎，我一直都很看好你。给陆远村的孩子们辅导作业这件事，我可以重新考虑人选，你不要有太大的心理负担。"

"嗯，苏主任，我也再想想，等想好了再跟你说。"刘擎低着头说。

第四章

毒枭回巢

晚上，刘擎在宿舍里对着电脑学习，无奈心情郁闷，怎么都学不进去。于是，她关上电脑，换了一身休闲装出发去图书馆。

回想起最近看到蔡浩杰总是呆呆地坐在图书馆里看书，刘擎觉得，也许先了解一下孩子们的爱好，才能和他们搞好关系，更好地解决他们的心理问题。

进了图书馆，她便径直走向借书台，想看看孩子们都在看什么书。

赵花戈借了《一千零一夜》，挺好，记得赵花戈说过想要成为一名作家，看这种奇幻故事可以帮助她丰富创作的想象力。

陈森借了《神甲战士之地球的黎明》，刘擎无奈地笑笑，这孩子整天爱玩打仗游戏，原来是把自己代入神甲战士了。

李小牧借了《小屁孩日记》和《没头脑和不高兴》，风格都是以轻松幽默为主。怪不得在蔡浩杰安静看书的时候，李小牧时不时地"咯咯"发笑。

那蔡浩杰看了什么书呢？

刘擎往下找到了他的名字，所借书籍一栏写着《爸爸的承诺》。

爸爸的承诺？他这是想他爸了？可是他爸都丢下他远走高飞了，还有什么承诺可言？

不对……

刘擎忽然想起了那天肖可为说的话，蔡三金已经回国了！

电光石火间，坐在天台遥望远方的蔡浩杰，图书馆中心事重重的蔡浩杰，在车后座望着黑夜出神的蔡浩杰，一幕幕画面在刘擎的脑海里飞速交织到一起……

她快步走到书架前，找到了那本《爸爸的承诺》，看了起来。

这是一个围绕着父爱展开的感人故事，小主人公的爸爸死了，但他坚信爸爸会信守承诺，在春天的时候回来看他……

刘擎觉得背后一凉，喃喃道："蔡三金，该不会真的潜逃回来了吧……"

这么想着，刘擎也没心思看别的书了，哆嗦着离开了图书馆。

回到宿舍时，刘擎遇见了王新会，她有些紧张地四下张望了几秒，然后拉她到自己的房间，关上门，把关于蔡三金有可能潜逃回村的猜测说了出来。

这下把王新会吓得够呛，她一脸惊恐："真的？之前肖可为说蔡三金回国了，我还在想对方应该不敢这么快回陆远村吧，毕竟这边是重点扫毒区域，现在看来，我们这里危险了……"

"我没亲眼看见他的人，我只是猜测。"刘擎皱着眉头找理由安慰自己，"如果是真的……应该也不用太害怕吧？我们社工是帮助他儿子的，跟他本人无冤无仇。"

"唉，这么说也有道理。"王新会换了个话题，"要不要去我房间看看我做的策划案？我写饿了，本来想出来找你和瑞虹去吃消夜的，被刚刚的话题吓一吓，也没心情吃了。"

"好啊，正好我现在也不困。"

刘擎跟着王新会走到了对方的房间。一进门，一阵淡雅的清香便扑鼻而来，原来是小桌上的熏香炉正熏着香，这让刘擎紧张的情绪一下子放松了许多。

王新会搬来一张凳子给刘擎坐下，指了指电脑屏幕。刘擎坐近一看，上面显示的全是"向日葵"的宣传计划，她认真地看着，脸上露出惊讶与赞许的神色。

"新会，你好棒啊！从线上的宣传到线下的活动，每一步都考虑得十分周全。"

"作为一个公益组织，不宣传，哪里来钱呢？只靠政府的投入肯定不够。"王新会兴奋地滑动着鼠标，"通过宣传可以吸引到来自社会的捐款，有了充足的资金，'向日葵'就可以做更多有意义的事来回馈社会，形成良性循环……"

刘擎忍不住向王新会比了个大拇指："新会，我真佩服你！不过，你对这份工作这么上心，备考研究生的事能兼顾得来吗？"

"可以的！我给自己做了计划表。"王新会对自己很有信心，"考研的资料书要看，剪辑视频的工具书我也买了，我还报名了网课……"

"哇，你这是要把青春和热血全都奉献在这里了。"

刘擎看着王新会，这个瘦瘦弱弱看似胆小的女孩，却一次次地刷新她的认知，藏于平静下的勇气在她的心里激起了阵阵涟漪。

刘擎和王新会聊到凌晨三点才回自己的房间休息。

迷迷糊糊间，她感觉自己好像是睡着了，但又可以从另一个视角看到一个人影从保安室旁闪过。

那人的手里拿着一把刀，正静悄悄地走进"向日葵"的机构大楼，然后顺着楼梯的台阶，一步一步地往上走。

上到三楼，他继续往前走，直到走到 307 号门牌前才停下。

"咔嚓、咔嚓……"

他将刀尖插入门锁的缝隙中，撬开了门。

"嗒、嗒、嗒……"

脚步声越来越近，冰冷的刀刃划开了刘擎脖子上的皮肤，血液瞬间漫延开来，她痛得睁开了眼睛，一个戴着帽子的黑衣男人站在她的床边。

她嘶哑着声音问："蔡……蔡三金？"

男人冷笑一声："嘀，包得这么严实也被你认出来了。"

刘擎捂住脖子，瑟缩着说："我们无冤无仇，你为什么要杀我？你扔下两个孩子不管，我和同事们辛辛苦苦帮你照顾孩子那么久……"

男人再次举起手里的刀朝刘擎刺去："就是因为你多管闲事，他们才不听我的话了！"

"啊——"刘擎惊叫一声，从床上坐起。

周围一片寂静，门是关着的，房间里除开她，没有其他人。

"幸亏是噩梦啊……"刘擎无力地拖着身体下了床，走到门前扣上了门闩，确认门牢牢反锁后才稍稍松了口气。

为什么会梦见蔡三金呢？就因为自己怀疑他回来了吗……

蔡三金是陆远村的老大，曾经的。

贩毒那些年，他风光无限。他用钱开路，将头上的保护伞叠加了一把又一把，以为从此能够享尽荣华富贵，却未曾料到，这看似坚固的保护伞，实则脆弱得不堪一击。他忽视了，再严密的布局也逃不过正义的法眼。仅仅一个晚上的时间，世界全变了。

"飓风扫毒"当天晚上，蔡三金和老婆叶佩华连鞋子都没来得及换，只随手打开床头柜拿出里面装有手枪和子弹的背包就踩着拖鞋仓皇逃跑。

"乒！乒！乒！"枪声在寂静的夜晚格外地刺耳，而在枪响的那一刻起，蔡三金的内心就闪过一丝不祥的预感：他和叶佩华两人之中，必有一死。

到了庄稼茂密的田地里，两人分开逃跑，他匍匐着前进，没一会儿，却听见叶佩华的方向传来了很大的声响。

她是在吸引警察的注意力！

蔡三金眼眶一热，停止前进。他看见叶佩华和追过来的警察发生了激烈的枪战，心里很想站起来对老婆大喊："别开枪了，投降吧！"

可"乒"的一声再次响起，叶佩华的身体颤抖了几下，便倒了下去。

蔡三金强忍着沸腾的泪水，紧紧掐住手里的枪，向远处挪动……

他逃到了一个废弃的码头上，他在这里停了一艘快艇，有专人维护，一些备用的潜逃资金和衣物也藏在了快艇的暗格里。

快艇启动了，在夜幕的掩护下，蔡三金从巡逻的死角离开。

他一路开到边境的港口，然后转去国外。

钱，他有的是。他在国外的好几家银行都存了钱，还有不少房产，分别登记在不同的人名下，正常途径根本查不到背后的主人是谁。

虽然已经到了国外，但国内的消息，他都一一关注着：

西山村的陆永福，在陆皖一家洗脚城被抓。

东桥村的罗三合，在大岗向当地警方投案自首。

东湖村的冯大永，逃到鑫州的时候被车站的民警发现，因持刀劫持了人质，被当场击毙。

双沟寮村的马玉胜，回村探望孩子，然后投案自首。

连池村的刘凤歧，潜回村里躲到亲戚家中，亲戚向派出所举报，并与警方合作将其抓捕。

新林村的章东财，逃到了国外，被当地社团盯上，抢走了所有财产，尸体被扔到了海上……

日子在提心吊胆中度过，远在他乡孤零零的他，想孩子了。

他想起和两个孩子出去玩的美好时光，想起答应过要带他们去国际学校认识新朋友，又想起叶佩华搂着两个孩子，站在家门口笑着迎接他的场景……

煎熬了一年多，他终于等到了机会。

从他搜集到的情报来看，政府关注的重心应该是转移了，转到了改善民生上，原本几十个缉毒检查站也撤走了，只留下几个重要的站点还有人驻守。

风暴过后必有平静的时刻，这一天，蔡三金决定回国了。

他根据地图制订了周密的计划，一路经过不同的国家，交通工具也从大巴到飞机、再到出租车、火车、轮船，费尽周折，才回到故土。

但他回来后，没有立刻去找儿子。

他先找落脚点——这也是他很早之前就准备好的。他在市、县、镇子上都购置了多套房产，有的是商品房，有的是商铺，有的是小作坊，都是别人代持。

他对这些房产进行筛选，有的即便绕了几层关系，仍然被查了出来——只要暗中观察就能发现，这些地点时不时地有警察上门。他还会故意给一些房产的明面拥有者打电话，以警察的口气劈头盖脸地问："蔡三金有消息没？"

如果对方回答"没有"或者"有"，都代表警察已经打过招呼了。

如果对方反问"你谁啊"，那就可以继续旁敲侧击地对暗号。

最后，他选中了沿海一座废弃的制冰厂。这是别人的产业，他买过来后没有做户主变更，如今户主已经去世，这座废弃的小工厂便彻底无人问津了。

当时买下来后，他就在制冰厂的内部给自己装修了一个可以方便生活的单间，并安装了指纹密码锁。现在开门进去一看，里面的摆设和他走之前一样，他可以放心把这里作为接下来的行动据点了。

再次出现在全营镇上的蔡三金，已是一身渔民打扮：宽檐草帽、破旧的衬衫和休闲裤、一口纯正的土话，和路过的当地人比起来没有什么特别之处，就像鱼儿游进了大海。

作为潮东县的头号通缉犯，蔡三金应该认为全营镇是世界上最危险的地方，可奇怪的是，当他踏上这片土地时，他的心反倒安稳了下来。

在镇上观察了半个月后，蔡三金终于决定回陆远村看看。

他又换了一身装扮。

这一次，他扮成了一个收废品的人，脸上粘了络腮胡，戴着一副老式墨镜，踩着一辆放着压扁的纸箱、玻璃瓶等废品的三轮车，叮叮咣咣的。

他的心理素质非常强大，还敢主动跟人打招呼："有废品卖不？报纸、箱子、塑料瓶、铁锅……好价收购，好价收购哩！"

他慢慢悠悠地骑着，忽然，一个熟悉的身影在眼前出现——那是他的母亲，林淑慧！

林淑慧颤颤巍巍地从巷子里走出来，招手说："我家有废品卖，停一下！停一下！这里……"

蔡三金的脑袋一片空白，隔着墨镜，泪水在眼眶里打转。

他往林淑慧的位置骑过去时，又听林淑慧对身后的人说："主任老弟，有没有我家三金的消息啊？"

蔡三金急忙收住情绪，继续慢慢向前，发现那人是蔡建林，于是随口问道："主任，有废品卖不？"

蔡建林打量了他几下，问："看你有点面生，你怎么知道我是主任？"

蔡三金笑呵呵地说："阿婶刚才不是喊你'主任'嘛，我只是看着显老，听力好着呢。"

蔡建林"哦"了一声："听你的口音，是本地人吧。"

蔡三金说："是啊，我平时就在周边的几个村收废品。"

"你是哪个村的？"

这是个非常要命的问题，但蔡三金早有准备。

"双沟寮的。"

"噢噢，双沟寮，离这儿确实不远。"蔡建林看了一眼整齐摆放着废品的三轮车，说，"你等下来村委会，院子里有些纸箱、瓶子什么的，你都拿走，不要钱。"

"好咧！谢谢主任！"蔡三金高兴地应道。

蔡建林转头对林淑慧说："你们家的困难补助申请我已经提交上去了，镇长了解你们家的情况，说通过的问题不大，到时候补助批下来了，我再跟你说。"

林淑慧不住地道谢："谢谢，谢谢……听说一个月能有不少钱呢。"

"是啊，浩然、浩杰都未成年，你年龄又超过了六十五岁，补助得有一千多块吧。"

"太好了，太好了。"林淑慧激动得用手背擦了擦眼睛。

蔡三金看着母亲布满皱纹的双手，心中泛起酸楚：才一千多块，算钱吗？想当年，他去KTV随便打赏一个陪酒女就是上万块，去赌城赌一晚上能输上千万……

等蔡建林离开后，林淑慧便招呼蔡三金："阿叔，来，我带你去收东西。"

蔡三金答应了一声，骑车跟在林淑慧后面。

回家的路，他再熟悉不过，但他还是装出第一次来的样子，走到一个巷口时，他故意往左骑，林淑慧站在右边指引"这边，这边"，他才一愣一愣地往回骑。

到了家门前，林淑慧只顾翻口袋找钥匙，没注意前面有个坎，在她踢到那道坎差点摔倒时，蔡三金眼明手快地扶住了她："阿婶，小心点。"

"瞎咯！瞎咯！越老越不中用了。"说着，林淑慧拿出了钥匙，颤颤巍巍地打开门。

熟悉的家在蔡三金面前展开，一砖一瓦，一桌一椅，每一处都倾注了他的心血。

"你坐这儿等等我，想喝茶就自己弄，茶叶就在旁边的柜子里。"林淑慧朝屋里走去。

"好，谢谢阿婶，你慢慢找，不着急。要是拿不动就喊我过去。"

等林淑慧走开，蔡三金熟练地接水、烧水、放茶叶，然后打量起周围。

他从客厅一直逛到厨房，里面的景象让他的心揪成一团：墙角堆着零散的木柴，置物架上摆着廉价的土豆、南瓜、生菜和一小篮鸡蛋，冰箱已经积灰，没有通电，整个厨房没有一块肉。

蔡三金抬起墨镜擦了擦湿润的眼睛，然后重新戴上，循着收拾的动静走到杂物间。

林淑慧正弓着背整理地上的旧报纸、脏塑料瓶之类的杂物，发现蔡三金过来盯着看，她笑着说："这有用的东西多的是，平时出去散散步，见到路边有就捡回来了。"

蔡三金知道非法收入都会被政府没收，但没想到家里会过得如此艰难——他蔡三金是谁？整个潮东县响当当的大人物，自己的亲妈居然惨到要去捡破烂……

"阿婶，你的家人呢？"

"两个孙子在上学，儿子不知道去哪儿了，儿媳死咯，埋在荔枝林。"

"唉，辛苦你一个人要带两个孩子。"

"没办法，带呗，我就是没有享福的命。"

蔡三金心里又气又委屈，恨不得立马带上母亲和儿子飞去国外，重新过起奢靡的生活。他握紧拳头，对着林淑慧的背影说："我来吧，阿婶，你说哪些可以收，我就收，你在旁边歇着。"

"不用不用！"林淑慧直起腰，转身让蔡三金出去，"你去客厅喝茶，我收好就拿出去。我这副老骨头要是不多动动就该生锈咯。"

蔡三金站在原地，看着林淑慧再次弓下的背，低声叹道："人没钱就是不好过，我这收一天废品也卖不了几个钱。"

林淑慧像在回答蔡三金，又像是说给自己听："只要人还活着，就有希望。你看你能走能动，我也是，有的吃有的穿就够了，钱嘛，生不带来，死不带去，都会没的。"

蔡三金有些哽咽，慢慢退出杂物间，在客厅喝起了茶。柜子里还有很多茶叶，估计林淑慧已经没闲心喝了，也没有村民会来找她聊天品茶了。

林淑慧提着大包小包出来了，蔡三金立马起身去接。他其实还想再坐一阵子，跟母亲说说话，但又怕露出破绽，只能恋恋不舍地把一件件废品摆进车斗。全部摆好后，蔡三金假意称了称重量，然后直接塞给林淑慧一百块，林淑慧喜出望外："这么多？有这么多吗？"

蔡三金擦了擦汗："有的，有的。对了阿婶，我刚才找茶叶时，看到茶叶盒里有一捆钱呢，我没动，你记得收好，别弄丢咯。"

"茶叶盒？"林淑慧备感意外，蔡三金没再说话，推着三轮车走了。

林淑慧走向茶桌，桌上摆了一个"凤凰单丛"的茶叶罐，罐身圆口大肚，她把手伸进去一摸，摸出一捆用皮筋卷得整整齐齐的钱，目测得有一万块。

"好人哪。"林淑慧自言自语。

蔡三金继续骑着三轮车绕着陆远村转，特意绕了一番远路再骑到村委会。在院子里停好车后，他把堆在墙边的废品一一搬上车，然后又把院子打扫了一下才离开。

路过村小学时，他看见蔡浩然正在跟一群男孩打篮球，有些怅然。

学校的老保安招呼他进去，说里面有很多废纸可以收，但他摇摇头："下次吧，我的车已经装不下了。"

虽然他很想跟儿子说说话，但时机未到，只能忍耐，继续隐藏，隐藏……

蔡三金骑到了荔枝林。

这时候的荔枝还没成熟，也不用打药，所以没什么人来。

走到自家的果园时，蔡三金四处张望，确定没有异常动静之后，就把三轮车推到其中一棵枝叶茂密的荔枝树后面藏起来，然后慢慢往里走，在一个棚屋旁边，他看到了一个小坟包。

没有墓碑，坟上全是草。

他将草拔了拔，然后坐在坟边，望着坟包出神。

他自认不是什么痴情男人，发财后更是经常花天酒地，身边无数莺莺燕燕，但从来没有离婚的想法，叶佩华睁一只眼闭一只眼，他也乐得自由。现在想想，自己以前真的很混账，老婆对他那么好，他却不当回事，到最后，老婆为了帮他逃跑还付出了生命……

蔡三金跪在坟前，喃喃道："老婆，我知道这个世界上你最牵挂的就是浩然和浩杰，你放心，我一定会把他们带走享福，不会丢下他们不管的。等将来儿子长大了，结婚成家有后了，我就马上回来，和你埋在一起。"

说完，他恭恭敬敬地俯下身子，磕了三个头。

接着，他站起来，拍掉沾在衣服上的碎草和尘土，然后推着三轮车离开荔枝林。

一个嘴角流着口水的小孩，在树荫底下呆呆地看了一会儿，然后沿着三轮车驶出的反方向走去……

新的一天，新的忙碌。

刘擎被王新会拉去拍视频，赵瑞虹则配合苏静等人布置成果展示。

苏映红来了，她照常开展自己的工作，没问刘擎给陆远村的孩子辅导作业的事，刘擎松了口气，又觉得有些心虚，只好主动多干点活，以减轻一下愧疚感。

下午五点多的时候，终于能歇一会儿了。刘擎拿出手机看了看，想起之前在图书馆的猜测，便给肖可为打去电话说明情况。

"……对，蔡浩杰最近的表现的确有些反常，除开看书就是发呆，有时候蔡浩然找他玩，他也不去。"

"这是重要发现，你先别跟其他人说，我马上过来。"

挂了电话，大约一小时后，肖可为驱车到达了活动中心的门口。

刘擎把他带到图书馆的走廊上，指了指正在阅读区里认真看书的蔡浩杰。

肖可为观察了一下，然后把刘擎拉到一边，问："还有没有别的事？"

刘擎摇摇头："向日葵社群活动中心可以说是全营镇最热闹的地方了，蔡三金即使胆子再大，也不会来这里找儿子吧。"

"我的意思是，蔡浩然、蔡浩杰两兄弟有没有给你提供什么线索？"

"没有，人家是父子啊，知道什么也不能告诉我吧。"

"父子怎么了，举报违法犯罪行为，提供在逃人员的线索，是公民的义务……"

刘擎一听到肖可为开始说教就头疼，反驳道："他们只是小孩子，懂什么？你以为是拍武侠剧，上来就大义灭亲啊！"

肖可为看到刘擎无语的表情，意识到自己的不对，尴尬地说："不好意思，我有些急了。"

"我把知道的都告诉你了，别的就帮不上什么忙了，我要回去上班了。"刘擎转身离开。

刘擎走后，肖可为在活动中心里转了转，然后又出去，到外面的街上逛了一会儿。

没有特别的发现。

他给领导打电话汇报了这件事。

对方下达指示："长线布局，密切跟踪，暗中摸排，切勿打草惊蛇。"

"收到！"肖可为回复。

晚上六点半，刘擎、王新会、赵瑞虹三人商量着去哪里吃饭，不想在食堂吃了。肖可为一直在附近监视着"向日葵"的动静，见她们出来了，就过去邀请她们一起吃饭。

王新会笑嘻嘻地说："大帅哥，又来镇上执行任务啦。"

刘擎夸张地比了个"嘘"，打趣道："肖警官，你怎么知道我们正好要去吃饭？"

肖可为笑着摸摸肚子："因为我也饿了啊！走吧，带我见识见识这边的地道美食。"

这时候苏静出来了，刚好听到几人聊天的内容，接话道："我知道有个地方有很多好吃的摊子。"

"行，上我车吧。"肖可为朝大家挥手。

在苏静的指引下，车开了二十分钟，停到了海边。她领着众人走过弯弯曲曲的木栈道，来到了渔排上。

海风习习，一艘艘小船用钢索串在一起，每艘船上都开了一个摊位，各种食物在铁板上油滋滋地煎烤着，散发出诱人的香味。

"这家烤鱼看着不错，就是要排队。"赵瑞虹望着前面一个摊位说。

"是耶，要不这样，瑞虹你去排队占位置，我们去打包其他吃的，估计等买回来了，就有位置坐了。"王新会说。

"可以呀，我们五个人，点两条鱼呗。"

"嗯嗯，两条肯定够，还要留肚子吃别的。"

"肖警官，你能吃辣不？要不要一条做辣的，另一条做不辣的？"

"嗯嗯，我都行。"

五人商量完毕，便分头行动。

刘擎买了花蟹粥，王新会买了炒花蛤，苏静买了虾饼和鱼皮饺……肖可为面对琳琅满目的外地美食，十分纠结，逛了一圈下来才终于买到两盒卤味和一份杂炒粿条。

等待摊主出餐的时候，肖可为四处张望，看见远处有一栋黑乎乎的破楼房，随口问道："老板，那是什么地方啊？"

摊主回头瞥了一眼，说："你问那边那个矮矮的房子吗？是废弃的制冰厂。"

肖可为感叹道："这边的风景这么好，不住人的话怪可惜的，那房子翻新一下就是海景房了。"

摊主笑笑:"确实有人住了哦,一个收废品的阿叔,把那里当成废品收购站了。平时还会来我们这边吃饭,说话挺客气的。"

"哟,还挺会享受啊。"

"那倒不是——我们这边的定价都很便宜,你看你买的大份炒粿条才十五块,小份只要一半的价钱,多划算,回家自己做饭还麻烦呢。"

肖可为认同地点头:"确实,不仅便宜,分量还大,我也是跟着本地朋友才找到这个好地方的。"

口袋里的手机振动了几下,肖可为拿出来一看,是苏静发的消息:"过来烤鱼摊这边吃饭啦。"

"好的,马上来。"肖可为笑着回了一条语音。

桌上摆满了打包回来的菜,正中间是两盘烤鱼,大家围坐在一起边聊边吃,好不热闹。吃了一会儿,刘擎说想去买糖水喝,王新会和赵瑞虹立马起身要跟着走。

到了卖糖水的摊位前,刘擎说:"你们要吃哪种口味的?我一起打包回去吧,不用你们跟着等。"

王新会和赵瑞虹抿着嘴笑,挤眉弄眼地朝着一个方向看去。

刘擎顺着两人的指示扭头,看到苏静和肖可为举止亲昵地聊着天,顿时惊得张大了嘴巴。

"他们两个？"

"上次在浩然酒家吃饭的时候，两人的互动就有点暧昧了，看不出来嘛！"

"啊？有吗？"

"眼神、动作都明显'有问题'啊，你没看出来？"

"我……还真没看出来！"

"得了，我们就在这边吹吹风，消化消化，让他们过一下'二人世界'。"

"嘻嘻……"

三人你一言我一语地闲聊着，在小摊的座位上慢悠悠地喝完糖水才回去。

不知道肖可为对苏静说了什么，苏静脸色潮红，笑意盈盈："回来啦，你们吃饱了吗？还剩好多卤味和鱼皮饺呢。"

"一口都吃不下啦。"刘擎笑着回答，王新会和赵瑞虹也点了点头。

"行，那卤味和鱼皮饺我们就带回去吧，明天中午用微波炉热一热还能吃。"苏静起身收拾桌上的打包盒，肖可为马上也跟着收拾，刘擎、王新会、赵瑞虹三人对视一眼，忍不住笑了。

肖可为开车把社工们送回机构后，就去了镇派出所。

秦副所长正在值班，他的老婆也在缉毒大队工作，因为这层关系，秦副所长跟缉毒大队的人比较熟，肖可为去打听消息就不显得尴尬。

"秦副所长好。"肖可为走进去，见对方的桌上放了一杯热茶，顺势把手里的打包袋拿出来，"正好，糯米卷配茶。"

秦副所长高兴地接过打包袋："小肖，谢谢啊，坐下一起吃呗。"

肖可为摇摇头，坐了下来："给你买的，我刚刚在渔排那边的夜市已经吃饱了。"

"那我就不客气了。"秦副所长拿出一次性筷子，夹起软糯香甜的糯米卷往嘴里送。

肖可为趁机询问起来："最近陆远这边有没有什么特殊的报案，或者跟在逃人员有关的线索？"

秦副所长放下筷子，假装严肃地说："小肖，你这是抢功劳来了？我们也有抓捕任务的，人要是被你抓了，功劳算谁的？"

肖可为保证道："我们只做增量，不做存量，如果有你们已经掌握得比较清晰的可疑人员，我们不会碰。"

"嘿，跟你开玩笑呢。"秦副所长抿了一口茶，想了想，"特殊的报案……这件不知道算不算。有个小孩失踪了，家长到处找都找不到，一开始我们以为是人贩子把小孩拐跑了，但是了解到小孩的情况后，又觉得人贩子作案的可能性不大……"

"为什么？"

"因为这个小孩有智力障碍——人贩子拐走孩子通常都是为

了卖钱，智障儿童连基本的自理都成问题，在非法市场上的'价值'自然不高，所以，我们还是往走失的方向来查。找了两天，居然在荔枝林里面找到他了，当时他躺在一个坟头边上睡得正香呢。"

"小孩子对死亡没有概念，所以也不会忌讳什么。"

"确实，这个年纪的小孩胆子也大，我们发现他的位置已经是荔枝林比较偏僻的地带了。"

肖可为敏锐地注意到"偏僻"二字，问："我想去那边转转，你能告诉我在哪儿吗？"

秦副所长爽快地说："可以，你记一下……"

肖可为开车来到荔枝林外，把车停在土路的一旁，然后打着手电筒往林子里走去。

夜晚的荔枝林静得可怕。风吹动树影，沙沙作响，为这片土地平添了几分诡谲。

里面的路越走越黑，仿佛要将肖可为吞噬一般。

不知道走了多久，他终于找到了那个坟包。

他用手电筒照了照，便推断坟包主人的亲友近期来过——上面的杂草明显有被清理的痕迹。

奇怪的是，这个坟包就孤零零地堆着，没有立碑，祭祀的物品也腐烂严重。这样的话，近期来祭拜的那个人应该没有带祭祀的东西，只是除了除草。

为什么要这么做呢？

肖可为困惑不已，他用手机拍下坟包的照片，又用手电筒的光照了照周围，大致检查完，确认没有异样后，就从荔枝林里走了出去。

再次发动汽车时，他越想越不对劲，于是掉转方向，往村委会开去。

到了村委会，他看到有个房间的灯还亮着，走进去一看，蔡建林正跟一个老汉在喝酒，桌上还摆着花生米和一盘生腌。

见肖可为来了，蔡建林热情地招呼肖可为一起喝酒，肖可为说自己开了车，婉拒了。接着，他点开手机里刚刚拍摄的照片给两人看，问两人认不认识这个坟是谁家的，蔡建林瞥了一眼就嫌弃地看向一边："哎哟，大晚上的让人看坟头，多不吉利！"

"喝这么多酒还壮不了胆啊！"老汉嘲笑了蔡建林一句，然后凑近手机看了看，说，"这这这……这不三金家的坟嘛。"

"你怎么知道的？"蔡建林好奇地问。

"当然，这坟可是我跟别人一起挖的。那时候请别的村的挖坟人，人家一听是陆远村的立马挂电话，给多少钱都不来。要是再放下去人就臭了，我只好找了几个好说话的老头帮忙挖坑埋了她。想找年轻人？根本找不着，那阵子扫毒，年轻人都抓得七七八八了！"老汉喝了一口酒，肯定地说，"你看，坟边搭着个棚屋，我记得清清楚楚，这就是三金家的，埋的是他老婆，扫毒行动的时候拒捕，被当场击毙了。"

肖可为的眼睛亮了，结合刘擎提供的线索，蔡三金很有可能是回陆远村了。

他激动地向蔡建林和老汉道谢，然后匆匆驾车离开。

路上，他忍不住给苏静打电话，想拜托苏静留意一下蔡浩杰，刚打过去，电话就接通了。

"苏静，我有事找你。"

"哈哈，我正在看手机，电话就打来了。你到家没？"

"没呢，我还在全营，刚才去了一趟镇派出所，现在才准备回县城。"

"这样啊，我现在在在向日葵社群活动中心，也要回县城，能搭你的顺风车吗？"

"当然可以，我去接你。"

肖可为到达时，苏静已经在活动中心的大门外等着了。

等苏静坐进去系好安全带，肖可为不好意思地问："是不是等很久了？"

"没事，不能让你等我啊。"苏静干脆地回答。

肖可为笑着发动汽车，和苏静有一句没一句地聊了起来。聊到肖可为的工作时，他想起来还有事要拜托苏静，郑重说道："苏静，我们缉毒大队现在的重点任务是抓捕逃犯。全营镇最棘手的逃犯就是蔡三金，所以……"

没等肖可为说完，苏静就说："蔡浩然和蔡浩杰都是'向日葵'的重点关注对象，我以后多留意。如果蔡三金回村里看孩子了，不可能不留下蛛丝马迹。"

肖可为在心里暗暗吃惊，心想自己没说接下来的话呢，苏静已经把他想说的话给说了。

"苏静，太谢谢你了。"肖可为说。

"不用客气，我们都希望快点抓到逃犯，而且，你是刘擎的朋友，也相当于是我的朋友。"苏静低头笑笑，"对了，你跟刘擎是怎么认识的？"

"她就读的大学跟我做特警时的训练基地很近，一次偶然的机会让我们认识了，没想到来了潮东，我们又遇见了。"

"缘分啊！"苏静看着聚精会神开车的肖可为，瘦削的脸庞，坚毅的眼神，她打心底地喜欢，"那你以后会在潮东安家吗？"

"应该吧，我在潮东待得挺舒服的，这边的气候和饮食我都喜欢。"

"那你想过找个什么样的女孩结婚吗？"

"这个，还没想过……"肖可为尴尬地笑笑，"我条件不算好，现在还住单位宿舍呢，没买房子。而且缉毒警的工作比较危险，女孩子知道了，恐怕就会跑了。"

苏静默默在心里应道："不一定呢。"

刘擎在陆远村开始了新的工作。

她跟苏映红谈好了条件，"向日葵"是早上八点半上班，她改为十一点再上班，在陆远村的辅导工作则是下午五点到七点。刘擎对这个安排挺满意的，因为第一，她确实有心做这件事；第二，能帮肖可为做一下"人形监视器"，监视蔡浩然和蔡浩杰有没有异常的举动；第三，在陆远村只有辅导作业这个任务，不像待在活动中心那样要兼顾很多事，相当于出去偷偷懒了……

为了让刘擎熟悉环境，苏映红让她今天直接在陆远村待一天，后面再按约定的时间来，所以，她今天十点就到了村委会。

蔡建林听说刘擎是来给孩子们辅导作业的，特别高兴，立刻召集村民在村委会收拾出一个大房间，桌椅不够，就直接搬会议室的过去，一群人忙得乐不可支，刘擎想帮忙都插不进手。

她被蔡建林赶到房间外面等，只能干看着，有些不好意思地问："蔡主任，你们把会议室的桌椅也搬过来了，那开会的时候怎么办呀？"

"先给孩子们用，会议室的，我们后面再买。"蔡建林笑呵呵地说。

刘擎很感动，看得出，陆远村的大人们非常珍惜孩子的学习机会。等房间收拾好之后，她就拿出教材坐在里面复习，心想绝对不能辜负大家的期望。

不知不觉复习到了下午一点多，刘擎的肚子叫了起来，她起身出去，打算在附近随便找一家快餐店对付一下。走到路边时，她看见一个有点面熟的阿姨朝村委会的方向走去，正回忆着对方是什么人的时候，那阿姨主动跟她打了招呼："刘老师，中午好啊。"

刘擎想起来了——这是蔡建林的老婆，好像姓马，上次来陆远走访的时候，苏静带她跟马阿姨聊了几句。

"阿姨，你来找蔡主任吗？他还在忙呢。"

"不是，我来找你的。"

"找我有什么事呀？"

"来我家吃午饭啊。"马阿姨热情地挽起刘擎的手，"你一来，老头就给我打了电话，让我中午多做点，说要喊老师来家里吃饭。我已经做好了，跟我走吧。"

"啊，好的，谢谢你们……"

路过一家超市时，马阿姨停住了脚步，进去挑水果。眼看着马阿姨越挑越多，刘擎赶忙上前制止："阿姨，太多啦，吃不完的。"

马阿姨笑笑，说："不多，吃不完的话，你就带走。你从那么远过来帮孩子们，这点水果都不够我们谢你的。"

"太客气了，这是我自己选择的工作。"

坐在收银台前的超市老板瞥了一眼刘擎，问："年轻人，来这里干什么？"

刘擎扭头看去，郑重回答："帮助涉毒家庭的孩子健康成长。"

"喊，要是上面不来搞事，哪里用得着你们帮。"超市老板不屑地念叨。

"老虾蛄，你怎么这样说话！"马阿姨不满道。

超市老板提高了嗓门："怎么不能说了？以前我这里的生意多红火，来找我买烟的，一次买几十条；上千块的酒，一天也能卖几十瓶。现在，囤的烟都放过期了，酒倒是能放，可压库存啊，我这一天天闲得拍苍蝇，说起来就头疼……"

"你就图你生意好，不管别人的死活。"马阿姨付完钱，气呼呼地拉着刘擎走了。

走在路上，马阿姨对刘擎说："刘老师，你别往心里去，村子里有些人的素质就这么差。"

"我不气，阿姨，你也别气了。"刘擎伸手去拿马阿姨手里的水果，"看着好沉呀，分一袋给我拿吧。"

"好咧，好咧。"马阿姨挑了一袋轻一点的递给刘擎，继续诉说心中的不满，"耽误了他们赚钱，所以有怨气；把他们的亲戚朋友抓了，还是有怨气。也不想想，毒品害了多少人！其实，他们都知道毒品不好，要不干吗起'猪肉'这个外号，不敢直接说毒品的真名呢?！前面这家，墙上写了字的，这家人的儿子不仅制毒，还吸毒……"

顺着马阿姨所指的方向，刘擎看到一个满头白发的老人，他面容憔悴，坐在小马扎上发呆，不知道在想什么。

"他有孙子吗？"

"有，但是死了，被亲爸杀死的。那人吸毒吸蒙了心，直接把孩子活埋了……"

短短几句话，勾勒出一个惨绝人寰的故事。

刘擎看向白发老人，他的脸上没有任何表情，人仿佛雕塑一般，怔怔地看着墙。

"大人作孽，小孩受罪啊。"马阿姨继续带着刘擎往自己家走去。

到了家门前，马阿姨掏出钥匙开门，屋里传来狗叫声，刘擎有些害怕，走进去一看，是一只母狗在龇牙咧嘴地叫，它的身下围着一群小奶狗在吃奶。马阿姨安抚了母狗几句，母狗才稍微松懈下来，斜眼看着刘擎。

刘擎尴尬地笑笑："狗妈妈以为我是坏人。"

"只要一有陌生人进来它就会这样，可警惕了。你看，有的人做父母连狗都不如呢。"

刘擎认同道："是啊，不负责任的父母对孩子来说就像一场没有尽头的噩梦，还会直接影响到孩子的未来。"

马阿姨领着刘擎走进客厅，笑眯眯地接话："你们这些社工老师，就像照耀孩子们的太阳，给予他们希望。坐吧，我去热菜。"

"有什么我能做的？我是老师，不是懒汉！"

"好好好，那你洗一洗水果……"

虽然是家常菜，但马阿姨也做得色香味俱全，刘擎吃得很尽兴，心想下次过来一定要买点礼物，不能两手空空。

两人吃到一半的时候，蔡建林回来了，一坐下就问刘擎："怎么样？吃得惯吗？"

刘擎点头如捣蒜："当然！马阿姨做饭可好吃了，我刚刚还请教了她几道菜的做法呢！"

马阿姨说："你不知道，有年轻人来家里，我们多高兴。现在进出村子的路修得越来越平整，上网的网速也越来越快了，可村里的年轻人却越来越少了，唉……"

蔡建林把一盘咸菜炒肉往刘擎面前推了推："无论是什么地方，没有年轻人就没有活力，'乡村振兴'必然离不开年轻人。刘老师，你要是不过来，我们连吃好点的动力都没有，哈哈。"

是农村跟不上时代的步伐，还是时代抛弃了农村？刘擎看着桌上朴素而真诚的菜肴，回味着两位长辈说的话……

吃完饭，回到村委会，刘擎在院子里看到一个身影到处看来看去，开口问道："谁啊？干什么的？"

那人便是蔡三金，他慢慢转过身来，对刘擎说："噢，我是收废品的，村主任说，我可以随时过来这边收废品，我就来看看。"

"这样啊，那你随便看吧。"刘擎没在意，继续往楼上走去。

坐进房间后，刘擎开始恶补小学知识。有的题她用自己的方法根本解不开，有的知识点她早忘了，一通复习下来，她自己心里也有点忐忑——但愿不会遇到她答不上来的题，不然她一个大学生就丢脸了……

下午五点，村小学放学了，原本安静的陆远村顿时躁动起来，刘擎也走下楼，准备迎接孩子们。

蔡浩然一马当先，在前面又蹦又跳；他后面的小跟班，一个个生龙活虎的，看见路边摆着什么都爱踢一脚；还有的直接拔了村民家的果树树枝，一路挥舞，路过的行人只能小心躲避。

蔡建林在村委会门口设置了"路障"，这让孩子们十分不满，质问为什么不让他们回家，蔡建林反驳："老师没跟你们说吗？放学后，先来村委会，把作业做完再回家。"

其中一个男孩喊道："老师说的是做'猪肉'的家庭，我们家又没做过！"

"你小子真是不识好歹，让你来做作业是害你了？"蔡建林打开路障，"你，过去！"

男孩走过去，转身朝蔡浩然做了个鬼脸："蔡浩然，你肯定要被留下了，哈哈哈哈！"

蔡浩然用脏话骂了他一通，男孩干脆不走了，跟蔡浩然对骂起来，吵着吵着，他们各自的伙伴也加入了"骂战"。不知道是谁先推了对方一把，导致战争升级，双方打了起来，蔡建林和其他村民连忙过去拉架，蔡浩杰趁乱捡起一块石头，朝最先挑衅蔡浩然的男孩砸去，男孩冷不防地被砸中了脑袋，血顿时流了出来。

"呜……"男孩痛得放声大哭。

所有人都被哭声吓得停了手，蔡建林也慌了，立即抱起受伤的男孩跑向村卫生室。这时，男孩的大伯过来了，围观的超市老板添油加醋地对他一通说，男人顿时火冒三丈，冲过去一把揪住蔡浩然，"啪、啪"甩了两个大耳光，打得蔡浩然双颊通红。

蔡浩然咬紧嘴唇，一声不吭，男人还想揪住蔡浩然打，刘擎挤进人群中，护住了蔡浩然，气愤地说："你打他干什么？"

男人吼道："他把我侄子打伤了，我还不能教训教训他了？"

"小孩子之间的矛盾让小孩子解决，大人插什么手？"

"都流血了，大人还不能出手？难道我要眼睁睁地看着我侄子被坏种打死吗？"

围观的人里有帮腔的："是啊，那坏种的爸以前是村里最大的毒贩，现在他爸不在了，留下的坏种还要祸害村里人！"

"他爸是他爸，他是他，大人做的事跟小孩子有什么关系？你这么大的人，打小孩还有理了？"刘擎边说边给蔡浩然揉脸。

"恶人就该有恶报！那时候蔡三金气焰熏天，村里哪个老实人没被他欺压过？我看，这两个坏种迟早也要被枪毙！"

"那我先枪毙你！我枪毙你全家！"蔡浩然语出惊人，刘擎想捂住他的嘴都捂不住，一旁的蔡浩杰也跟着嚷嚷，眼看冲突要再次升级，一声怒喝镇住了整个局面——

"都给我安静下！"

蔡建林额头渗着汗珠，走到男人面前："你侄子没什么大碍，主要是破了皮，已经在村卫生室处理伤口，很快就可以去接他回家了。小孩子之间吵吵打打都是正常的嘛，说不定过几天，他又跟蔡浩然一起玩了。"

"大虾蛄说……"

"他那人你还不知道，狗嘴里什么时候吐过象牙！"

男人瞪了蔡浩然一眼，准备去村卫生室，蔡建林又补了一句："医药费我已经付过了，别找淑慧要了啊。"

"知道了。"男人挥挥手。

风波总算平息，看热闹的村民领着自家孩子回去，剩下十几个孩子进了村委会。但蔡浩然不愿意去，说要回家帮奶奶干活，刘擎说："比起替她干活，你把作业做完更让她开心。"

"擎天柱，我的学习成绩就是这样，别在我身上浪费时间了。"

"变形金刚干的就是把不可能的事变成可能，走，你不去浩杰也不去，你忍心看你弟弟做个什么也不懂的文盲啊？"

"这……"蔡浩然犹豫地看着蔡浩杰。

蔡三金骑着三轮车过来了，戏谑道："去嘛，去嘛，不好好学习就跟我一样收废品喽。"

蔡浩然瞥了一眼衣服脏兮兮的废品汉，低头跟着刘擎进去了。

从放学到坐到房间里，花了一个小时；维持房间内的秩序，又花了十几分钟。刘擎擦了擦汗，在心里叹道——要是每天都这么鸡飞狗跳的，别说偷懒了，人都瞬间老几岁……

学生们拿着笔，不管会不会，都埋头写了起来。刘擎一个个地走过去检查，发现有不对的，当场就纠正过来，要是对得多，她就适当地表扬几句。

蔡浩然很快就嚷嚷着已经做完一个科目的作业了，刘擎怀疑地拿起来看，果然——基本全错，难得对的两道还是选择题，估计也是蒙的，她想给蔡浩然讲题都不知道从哪儿开始讲起。

蔡浩然看见刘擎在发愣，笑嘻嘻地说："看吧，教我就是白费力气，你还不信，被事实教育了吧。祖传牛皮癣，专治老中医！"

坐在周围的学生都被蔡浩然自创的歇后语逗笑了。

刘擎摇摇头："我就不信了，蔡浩然，我决定从一年级的数学开始教你！"

"啊?！何必呢……"蔡浩然的笑容僵在脸上。

刘擎一脸认真地说："我是拿工资的，我有义务完成我的工作。"

蔡浩然拿着橡皮把玩："我本来就是烂泥扶不上墙，就算教不好我也跟你没关系。"

"不，有关系，我作为老师没有尽力教好学生，我良心上过不去。"

"嗤，你根本就不是老师！我听说了，你们这个职业，叫'社工'！"

"教你知识、教你做人的道理、使你积极向上，这就是老师。'三人行，必有我师焉'，每一个对自己成长有帮助的人，都是老师。其实你想想，我辅导你做作业，你把作业做好了，是不是到学校后就免得被老师们批评了，你是不是也能收获好心情？奶奶看到你完成作业了，是不是也不会那么担心你？为了奶奶，为了自己有好心情，就得把作业做好……"

"好啦好啦！反正我是小孩子，说不过你。"蔡浩然捂住耳朵，做最后的反抗，"那……如果我把作业做完了，能不能用你的手机玩游戏？"

刘擎果断拒绝："不行，学习上的事，不能做交易——但要是非学习时间，我会找机会给你玩的，每次不超过半小时。"

蔡浩然开心地笑着："好，一言为定！"

晚上七点半，大部分学生都做完作业回家了，只有蔡浩然还在抓耳挠腮，蔡浩杰则安静地在一旁等待。蔡浩然有些不好意思地看了看蔡浩杰的作业本，说："你全都写完啦，回去吃饭吧，不用等我。"

蔡浩杰坚决地摇头："不，我们一起回去。"

刘擎给蔡浩杰竖起大拇指，扭头对蔡浩然说："浩然，加油，以后提高效率，早点做完作业，早点跟弟弟回去。"

"嗯嗯。"蔡浩然用笔帽挠了挠头，"擎天柱，你有吃的吗？"

"你饿了？"

"还没，你要是有的话，拿点给我弟弟吃。"

"行，你们在这里等着，我出去一下。"刘擎说完就出了门。

走到外面的街上时，她发现废品汉还在这边闲逛，顿时心生警惕，问："这么晚了，还不回去啊？"

蔡三金流畅地应答："回早了也没事干，我等着收一捆钢筋呢，刚刚一个女的说她老公过一阵回村，车上有一捆废钢筋。"

"行吧！"刘擎不再细问，直奔小卖部。

她买了两袋饼干，一袋辣条，还有两瓶可乐——虽然给小孩子喝碳酸饮料对身体不好，但她记得蔡浩然说，他已经很久没有喝过可乐了，偶尔给他喝一瓶，当作学习的奖励也好。

果然，等刘擎把一整袋的零食放在桌上时，两兄弟立马双眼放光。

"擎天柱老师，你要是每天都给我喝可乐，我每天准时来做作业。"蔡浩然激动地说。

"你想得美！"刘擎拿起铅笔敲了敲蔡浩然的脑袋。

到了八点，蔡浩然终于做完作业了，他左手拿着零食，右手牵着弟弟往外走，刘擎跟在后面送他们出去，走着走着，刘擎听到有人跟他们搭讪："嘿，怎么光吃辣条不吃饼干啊？"

"饼干拿回去给奶奶吃。"

"那辣条呢？"

"奶奶不能吃辣，我们能吃。"

刘擎跟过去一看，还是那个废品汉，他瞥见刘擎过来了，指了指车斗："看，钢筋收来了，没骗你。"

"哼，我告诉你，村口有监控摄像头，连着公安局的天网系统，不会放过任何一个坏人的。"刘擎警告道。

蔡三金笑着摆摆手："我又不是坏人，我不怕。走咯走咯，你也赶紧下班。"

刘擎总感觉这个废品汉怪怪的，不过又想了想，人家是要赚钱嘛，多在村里逗留一会儿也不算问题。

晚上，王新会找刘擎和赵瑞虹去她房间聊天。

等两人坐下后，王新会点开"向日葵"官方账号在不同网络平台发布的视频和文章，拉到评论区给她们看。

"这……文笔优美，视频剪辑也流畅，主题鲜明，怎么好评那么少啊。"赵瑞虹替王新会感到可惜。

"要只是好评少，我倒能接受。"王新会无奈地滑动鼠标，"你们看这些差评，骂得多难听。"

"对毒贩们最好的惩罚就是让他们断子绝孙，请你们收起圣母心，让这群人渣的后代自生自灭。"

"毒贩的孩子将来大概率也不是什么好人，对这些坏种献爱心就是对人民群众的不负责任！"

"有那时间精力不如去支援边疆！闲得吗？"

"解决了毒贩们的后顾之忧，你们可真是好样的。"

"……"

刘擎和赵瑞虹觉得这些话已经够过分了，没想到接下来的这段话不只难听，还瘆人：

"不是有毒贩在逃吗？那就抓他们的孩子，规定他们限期投案，如果时间到了不投案，那就把孩子（应该不能杀掉吧）送进监狱……也许有人会说这样做很残忍，但那些毒贩害人的时候难道不残忍吗?！"

刘擎拿过鼠标，想找出一些正面的评论安慰自己和同事们，无奈负面评论如同海啸，瞬间就淹没了其他声音。

王新会沮丧地说："为了保护孩子们的隐私，我在拍摄视频和照片时，都是尽量拍背影或者只拍到肩膀以下，实在不得不拍采访资料了，我就让孩子们戴上喜欢的面具挡住脸……即使这样，我还是跟苏主任争取了好几次才成功。本来我幻想着一经发布就能获得广大好评，然后我们鼓足干劲再接再厉呢，唉……"

　　赵瑞虹拍了拍王新会的肩膀，说："这么多负面评论，恰恰说明'向日葵'以往的宣传力度不够，网民们不了解，自然一看到就代入刻板印象。千里之行，始于足下，我们的宣传工作才刚刚开始呢，就像长征，指望迈出第一步就到达终点，可能吗？"

　　"当然不可能。"刘擎接话道，"宣传是一项漫长的任务，它需要我们持之以恒地努力……新会，别难过，你不是一个人，还有我和瑞虹呢！"

　　"只要我们坚持传递真实、准确、有价值的信息，总有一天会使部分人对'向日葵'改观的。"赵瑞虹继续鼓励着。

　　"对，我不能太早气馁，还有你们呢，认识你们真好……"王新会感动地和两人抱在一起。

第五章

太阳的使命

给孩子们辅导了几天作业，苏映红找刘擎去办公室谈话。

"坐吧。"苏映红笑吟吟地说，"那两兄弟有给你添麻烦吗？"

刘擎实话实说："一开始确实不停给我找麻烦，后来就好多了，作业也愿意认真写了。"

苏映红点点头，说："虽然蔡浩然和蔡浩杰是我们的重点关注对象，但在帮扶过程中，不能刻意地突出或偏向，否则会使他们觉得自己跟别人不一样。我们现在最重要的工作，是打开萦绕在他们心中的'结'，让他们主动地融入人群中，重拾自信和快乐。"

刘擎表示不理解："这两兄弟……有不自信吗？我看平时都大大咧咧的呀。"

苏映红提醒道："回想一下，他们每次跟别的小孩闹矛盾的原因都是什么？"

因为陈森玩打仗游戏的时候说了"枪毙你"，蔡浩然生气了；

因为李小牧说了"妈妈来接我回家",蔡浩杰生气了;甚至因为林小全在两兄弟面前朗读作文《我的爸爸》,两兄弟气得要把林小全的作文本撕碎……

一幕幕看似小孩之间无理打闹的情景,细想下来,都是有理由的。

想着想着,刘擎愣住了,她本以为这两兄弟是缺乏长辈的管教所以才无法无天到处惹事,原来,这是他们不自信的表现,为了保护自己脆弱不堪的自尊心,所以生出一身尖刺来……

苏映红接着说:"小孩的心灵世界跟成年人不一样,我们面对的这群小孩尤其特殊。网上有人说,他们是恶之花结下的果实,每一颗都带着危险的毒刺。可是,如果他们有得选的话,会选择出生在犯罪家庭吗?谁不希望自己的家世清清白白?"

刘擎惋惜地说:"是啊,命运有时并不公平,让他们被迫承受与年龄不相符的重负。"

"我们作为普通家庭的孩子,在成长过程中都不可避免地有过自卑情绪,蔡浩然和蔡浩杰在犯罪家庭长大,目睹了父亲的成与败,享受过父亲给予的荣华富贵,如今又归于贫穷……这巨大的落差,必定会给他们带来难以磨灭的心灵创伤。我们的工作是尽量减轻父母犯下的罪孽带给孩子的负面影响,给予他们重新开始的勇气和力量。刘擎,我希望你能喝下我这碗'鸡汤',因为你是个有爱心的人。"

刘擎被苏映红的一番话说得内心涌动起一股暖流："苏主任，你说的话我都认同，我向你保证，只要我在'向日葵'一天，就一定尽心尽责，不辜负，不懈怠。"

"还有一件事，我要提醒你，听苏静说，缉毒大队的肖警官让你们帮他留意蔡浩然兄弟的举动？"苏映红的语气突然严肃起来。

"啊？怎么了？"刘擎点点头。

"刘擎，我明白缉毒工作的重要性，但你不要贸然向他们套取信息！"

"为什么？"刘擎有些不明所以。

"蔡浩然和蔡浩杰毕竟还是孩子，三观尚不成熟，他们要是知道你想抓他们的父亲，他们会怎么做？假如蔡三金真的回来了，他们可能会提醒他逃跑，到时候不仅抓不到蔡三金，你也许还会遭到报复！刘擎，我明白你的出发点是好的，但是，我们做任何事前都要多想一下。"苏映红语重心长地对刘擎说。

"这……"刘擎确实是没想到那么多，"好的，我明白了。"

走出办公室后，刘擎反复回想苏映红对她说的话，她突然觉得，自己身上有了一种使命感，如今前进的每一步都显得十分有力——她一定要让蔡浩然和蔡浩杰兄弟走上正路。

张灵找刘擎一起去给机构采购食材。

她骑着一辆电动三轮车，让刘擎坐在后面，一路开向菜市场。

全营镇的菜市场热闹非凡，天南地北的货品都有，行走其间，商贩们的吆喝声和顾客的讨价还价声此起彼伏，洋溢着生活的热烈与烟火气息。

张灵跟许多摊主都认识，不管是卖菜的还是卖鱼的，彼此都热络地打着招呼，用本地方言聊一些家常。有的话因为口音上的偏差，刘擎听不太懂，但这并不耽误她吃喝——有在菜市场做蚝烙和炒薯粉的摊主塞给张灵一小盒试吃，两个人分着吃，好不快乐。

就凭这种熟稔程度，刘擎就知道张灵买菜肯定吃不了亏。逛了大半圈下来，刘擎以为买得差不多了，谁知张灵又往里走，一直走到海鲜区一个偏僻的角落前站定。

这里有一个皮肤黝黑的少年在摆摊，大塑料盆里放着各种海鱼，还有几个小盆放着贝类和虾类，种类没有其他摊位丰富，设备也没有人家的好，也许是因为没有供氧机供氧，盆里的鱼都没什么活力。

少年看到张灵和刘擎来了，局促地站起身，朝两人笑笑，张灵指着盆里的一条鱼问："老板，这个多少钱？"

"十三块一斤，你要的话，十块一斤就好了。"

"那这个呢？"

"这个是老虎斑，就一条，直接算你八十吧。"

"这个呢……"

问完一遍之后,张灵说:"我全要了,过秤吧,鱼给我杀了。"

刘擎瞪大了眼睛:"张灵,我们……我们的钱够吗?那一条老虎斑就占了八十块了!"

"嘿嘿,老虎斑是我买来孝敬我爸的,其他的都不贵。"

那为什么要在这个摊位买呢?这家的海鲜也没见有多好啊——刘擎只在心里念叨着这些疑问,看见少年高兴地处理着海鲜,她不好意思出声嫌弃。

少年手脚麻利地称好重量,跟张灵一一报价,然后拿起刀刮鱼鳞、开肚、取内脏……

张灵边看边赞叹:"好熟练啊,你将来的生意肯定越做越大。"

少年害羞地笑了笑。

周围有人被吸引过来,张灵主动介绍:"这家卖海鲜的,我经常来,又便宜又好。"

一位老婆婆看着摊位上放了好几袋海鲜,问张灵:"妹妹,你家是开饭店的吗?买好多哟。"

张灵笑着摇摇头:"我是'向日葵'的社工,来给食堂采购食材的。"

"'向日葵'是什么地方?"

旁边有人搭腔:"政府开的,有个什么活动中心,可以让孩子去那里待着。"

老婆婆有些吃惊："咦，就这么小的摊位，政府的人还专门来采购啊，我看看有多好……"

少年感激地看了张灵一眼，动作却不停。很快，五六袋海鲜处理完毕，张灵和刘擎一人拿几袋，和少年说再见。

回去的路上，刘擎忍不住问张灵："那是你亲戚吗？这么帮衬人家。"

"不是啦，他叫钟路遥，刚刚从监狱里出来，他爸叫钟长发……"

刘擎顿时回忆起来："陆远村只有一户姓钟的，我在村委会的花名册上见过这个名字！"

"就是这家，钟长发是蔡三金的小弟，在逃中；他有个女儿叫钟路霖，高二时因为家里出事辍学了，现在在陆皖打工；钟路遥那时刚好初中毕业，没人管，跟着一群社会闲散人员混日子，因为抢劫被关了一段时间。出来后，政府送给他一个摊位，让他自力更生，苏主任也跟我说，采购的时候尽量照顾一下他。"

刘擎点点头，又问："他不属于我们的帮扶范围吧？"

"不属于，超龄了。但现在他家里没什么人能管他，给他点生意做做也好，能养活自己的话，就不至于重蹈覆辙了，我们能帮衬的地方就多帮衬点……"

"确实！"刘擎想起钟路遥被夸赞时害羞的笑脸，难以想象对方曾经竟干过抢劫的事，她越想越深入，甚至开始担心未来的蔡浩然会像之前的钟路遥那样，走上违法犯罪的道路……

午后，有几辆车停在机构的院子里，是县里的领导来视察。

刘擎在陪同接待的人里看到了苏静，她激动地指给张灵看，张灵说："每次有领导来都是苏静负责讲解，要不苏主任怎么那么舍不得她离开呢。"

"离开？苏静为什么要离开？"刘擎惊讶地问。

张灵抿了抿唇："苏静考上县教体局了。"

刘擎顿时感到心中五味杂陈。一方面，她打心底为苏静顺利通过考试高兴；另一方面，经过多日的相处，苏静对于她来说，已经既是老师也是朋友，她舍不得苏静的离开。

一小时后，领导们走了，机构也恢复了平静。

刘擎正在电脑前处理资料，见苏静进来了，便朝她打了声招呼，苏静以微笑回应，随后回到了自己的工位上。

"苏静！听说你要走了，什么时候呀？"刘擎在微信上给她发消息。

"等离职手续办完就走。"

"舍不得你啊，你走了，我们三个就没师傅了。"

"我相信你们已经可以独立开展工作了，自信点，无非是多动腿、多动嘴，有不懂的直接问，别拉不下脸；用真心换来孩子们的信任；能力范围内的事情能做就做，大家互相帮忙，好好相处……"

"嗯，谢谢苏老师的教诲！"刘擎发去一个"谢谢老师"的表情包。

"哈哈，带你那么久，我要走了才喊我老师呀！"苏静回复。

"因为主要还是把你当朋友嘛，祝苏老师，我的朋友，前程似锦！"

"承你贵言！"

下午四点多的时候，刘擎照常借了周小钦的摩托车，准备出发去陆远村。王新会找了过来，说策划了新的宣传内容，要跟她一起去陆远村拍素材。上班路上多了个伴，刘擎感觉坑坑洼洼的土路都平坦了起来。

到了陆远村，两人先去了蔡建林家——马阿姨之前见刘擎喜欢小狗，答应了等过段时间就给她送一只，王新会听说了，要来看看。

见刘擎和王新会特意来看小狗，马阿姨高兴地把小狗们一起装到篮子里，拿到房间给她们看。两人爱不释手地把小狗们摸了个遍，马阿姨看着王新会与小狗亲昵的样子，遗憾地说："要是你早来几天，我也能送你一只，现在全部都被亲戚朋友预订了。"

"没关系的，阿姨，你给了刘擎就等于给我了，我们住一个宿舍的。"王新会依依不舍地摸着小狗们的脑袋。

马阿姨发现王新会背着相机，好奇地打量着，王新会解释道："我来陆远拍一些视频素材，给'向日葵'宣传用的。"

马阿姨提醒道："拍的时候要小心点。"

"怎么了？"

"村里人不喜欢被外人拍。"

"为什么呀？"

"之前一些叫什么'网红'的人来村里拍视频拍照，然后发到网上说一些博眼球的话，导致我们村的名声越来越差。有的村民出去打工、住店，都要被查好几遍身份证……现在村民们看到有人拍来拍去就很反感，前阵子还发生过打架事件，有个外地来的青年做直播，说他来到了全国最大的毒村，路过的村民听见了，一生气就跟他打了起来……"

"天哪，那我等下拍的时候，得注意着点……"王新会有些害怕。

"我要是不用带孙子就陪你去拍了，有我陪着，你怎么拍都行。"

"阿姨，你放心，不行的话我就只拍刘擎辅导作业的素材。"王新会看了看手机上的时间，"我们该走了，不打扰你啦。"

"好咧，欢迎下次再来。"

　　从蔡建林家出来，刘擎和王新会往村委会走去。

　　经过超市时，刘擎进去买了几袋零食，打算用来奖励那些作业做得好的小孩。

　　"工资还没发，你倒是开始自费上班了。"王新会帮刘擎拿着零食。

　　"小孩嘛，偶尔就要奖励一下的。"刘擎笑笑。

　　到了村委会，学生们也放学了，陆续来到做作业的房间里。刘擎开始辅导他们做作业，王新会则拿着相机到处拍。

　　就在刘擎辅导完一个学生的时候，她发现王新会不见了。

　　也许她去休息室待着了吧——刘擎没有多想，继续教下一个学生做题。

　　天渐渐黑了下来，刘擎见王新会还没回来，便对蔡浩然说："浩然，去休息室找一下王老师，她应该在那里，你找她要一袋零食吃。"

　　蔡浩然一听，高兴得立马扔下笔跑出去。

　　不一会儿，蔡浩然回来了："擎天柱，大黄蜂不在！"

　　刘擎想起马阿姨说过的话，有些担心——她该不会是在村里拍素材的时候跟谁起冲突了吧……

　　她想出去找王新会，但学生们还在，她不好擅自离岗。

　　蔡浩然看出了刘擎的心思，拍着胸口说："大黄蜂是出去了吧，不用担心，我去找她。"

刘擎想阻拦他："难道你就不怕走丢吗？"

蔡浩然"嗤"了一声，说："陆远村藏着一只老鼠我都能找到，何况那么大个人！"

说完，他便跑出去了，刘擎想抓都抓不住。

过了半小时，学生们差不多都走光了，蔡浩然和王新会还没回来。刘擎紧张地给王新会打电话，只听到机械的声音回复"对不起，您所拨打的用户已关机"，她越想越怕，打算求助村民帮忙找人……

王新会举着相机，走在安静的街道上拍摄视频。她心想，不在人多的地方拍摄，应该就不会打扰当地人了吧。

不知不觉间，她离开了有着明亮路灯的主路，走到了幽深狭窄的小巷中。

一个四十多岁的男人站在小巷里抽烟，当他看到王新会时，眼神中除了疑惑，还有猥琐……

王新会察觉到不安，立刻转身离开。

她的第六感告诉她，那个人在跟着她！

她急于摆脱后面的人，快步往前走，拐了一个又一个弯，把自己也绕糊涂了，周围静悄悄的，她只能听见自己的喘息声和瘆人的脚步声。

她逼自己冷静下来，在一个巷口前站定，思考方向。

在陌生的脚步声接近之前，她再次朝着另一个方向小跑起来，边跑边喊："救命啊！有人吗？救命！"

就在这时，一个天使般的声音在附近响起："大黄蜂！大黄蜂！"

只见蔡浩然拿着一根棍子，不知道从哪里冒了出来，他迅速挡在王新会身后，怒吼："滚！不然把你的脑浆都打出来！"

王新会回头看去，一个人影跑进了其中一个巷口，很快不见了。

"浩然，那是谁，你认识吗？"王新会放松下来，弯腰扶着膝盖喘气。

"我们村的癞四，一身癞疮，不干人事！"

王新会感激地摸了摸蔡浩然的脑袋："谢谢你啊，小英雄，等回去了，我一定好好奖励你。"

"不用客气，第一天见面时我就说了，我会罩着你！哼，要是我爸在，我能把癞四家的房子烧了。"蔡浩然趾高气扬地领着王新会往外走。

王新会赶忙说："你可别那么干，那是犯法的！"

"那怎么了，他敢欺负我的老师，我就敢欺负回去！"蔡浩然扬了扬手里的棍子，"让老师给癞四讲道理，讲一百年都不如直接给他敲一棍。"

接下来，蔡浩然又跟王新会炫耀了一番自己的"武力"。比如他一个人打败四个同龄人，比如他把一个原本看不起他的同学打服、自愿做了他的小弟，比如他把个子比他高的村民打得找不着路……

王新会听得头疼不已："浩然，王老师负责任地提醒你，不要把暴力当作解决问题的唯一手段，你怎么对别人，别人也会怎么对你。"

"反正，我胆子大得很，谁也别想小看我！"

说着，蔡浩然跳起来，拿起手里的棍子往黑漆漆的路边一敲，"咯咯"一声传出，一只红冠鸡躺在了地上。

"你把别人家的鸡打死了！"王新会走近一看，心想这下麻烦了。

"打死就打死呗，正好拿回去给你和擎天柱煲汤喝。"蔡浩然拎起鸡，得意地说。

路灯下，那只死不瞑目的鸡让王新会看得五味杂陈。

蔡浩然带着王新会回到了村委会大院，刘擎正在院子里急得团团转，看到两人回来了，她激动地上前拥抱他们，声音都哽咽了："你们终于回来了，吓死我了！等等，我打个电话。"

刘擎拿出手机拨了一个号码，对面刚接通，她就急忙说："蔡主任，不用找了，新会和浩然都回来了，谢谢，谢谢啊，你们回去休息吧……"

王新会不好意思地说："抱歉啊，还麻烦你让村民们去找我，我也没想到，逛着逛着就迷路了，唉。"

蔡浩然在旁边补充道："不止迷路，还被我们村的癞四跟上了，幸好被我一棍子吓跑了。"

王新会心有余悸："确实怪我太大意了，蔡浩然今天是救人的小英雄，得奖励他——可是，他还打死了别人家的一只鸡……"

刘擎这才反应过来，蔡浩然手里拎着一只死鸡，她也不多问，直接掏出一百块给他："浩然，把这一百块给鸡的主人，算是我们买下了。"

蔡浩然不同意："为什么，那家人养了好几十只鸡呢，少一只鸡他们也不会知道。而且那鸡到处拉屎，可臭了，从他们家路过都得捂鼻子。"

"那也不行，你不是喜欢看武侠片吗？电影里的大英雄，有哪个是偷东西的？这是原则问题、道德问题，懂不？"

刘擎把钱塞到蔡浩然的口袋里，蔡浩然马上又掏出来："那……也值不了一百块。"

"自己家养的走地鸡，不值一百也差不多了——你跟那家人算好账，剩下的钱请你喝可乐，行不？"

蔡浩然揉了揉鼻子，看样子还是不服气。

刘擎又说："浩然，虽然我不了解你爸爸，但我也没听说过他会偷别人的鸡。"

"我爸爸怎么会偷……"

蔡浩然的眼睛红了，王新会拉了拉刘擎的手臂，示意她别往孩子的软肋上捅刀子，刘擎顿了顿，缓下语气说："不管爸爸做什么，他肯定希望他的儿子是大英雄、大人物，而不是偷鸡摸狗的小贼，对吧？"

"好吧好吧，明天我就给那家人送钱去。"蔡浩然把钱叠好，放进口袋里。

三人回到房间里坐下，王新会去了休息室，把从超市买的零食全部拿给蔡浩然，但蔡浩然只挑了一包："你们都没吃饭，留给你们吃吧。那个，能奖励我玩一会儿手机吧？"

"行吧，就玩半小时哦。"刘擎把手机递给蔡浩然。

蔡浩然玩的时候，蔡浩杰在一旁乖乖看着，不吵不闹，等蔡浩然打完游戏后，两兄弟开开心心地走了。

王新会叹了口气，问刘擎："这鸡怎么办啊？"

刘擎想了想，说："要不送给蔡主任算了，感谢他的照顾？"

"送只活的还行，送只死的，有点难看啊。"

"说得也是……那给蔡奶奶呢？"

"那她岂不是知道了鸡被蔡浩然打死的事……"

"算了算了，拿回去给食堂加餐吧。"

两人回机构把鸡处理好，放进厨房的大冰箱里，然后回了各自的房间。

刘擎写完工作日志，就开始看学习资料，看着看着，她睡着了，做了一个像黑道电影的梦。梦中，长大后的蔡浩然一副小马哥的打扮，穿风衣，戴墨镜，梳着大背头，手拿自动步枪，身边站着蔡浩杰、陈森、李小牧等人，一个个造型犀利，脸上都写满了狠戾。两个帮派在码头对峙，蔡浩然一挥手，背后的小弟们纷纷亮出砍刀，大叫着冲向对方，蔡浩然则举起自动步枪疯狂地扫射……

"嘀嘀嘀……"闹钟响了。

刘擎痛苦地关掉闹钟，回想那混乱的梦，告诉自己：梦都是反的，梦都是反的，小恶魔一定会变成小天使……

因为一直做梦没睡好，刘擎想赖床补补觉，但苏静一大早就发来了消息，说要请大家吃早餐，在街对面的粿条店见。

刘擎、赵瑞虹、王新会陆续洗漱完毕，然后一起出发去粿条店。苏静早早在店里等着了，四人打了招呼，然后各自点了一碗粿条汤。

汤水香浓，粿条细软，热腾腾的美食让刘擎的困意瞬间消散。

"苏静，你最近为什么都来那么早啊？"赵瑞虹问。

"越是临近离职的日子，我就越忍不住要早到晚退些，求个心安。"苏静有些不好意思，"其实就是正常的工作变动，可心里总感觉像背叛了组织一样……"

"哪有，你去教体局工作，跟在'向日葵'做社工同样属于教育战线嘛。"刘擎安慰道。

苏静随之感慨起来："我没什么野心，考上县里的单位已经知足了。能在家门口工作，想见父母的时候骑着电动车就能见到，比什么都强。"

王新会表示赞同："自从有了工作，我就理解'父母在，不远游'这句话背后的心酸了。"

刘擎努努嘴："别说了，今晚我一定记着给老爸打视频电话，上一次在视频里看他，感觉老了好多。"

说着，苏静突然想起了什么，说："蔡浩杰是我主要负责的帮扶对象，最近他性情大变，经常呆呆的不说话，我感觉是有心事了，以后我不在了，你们替我多关心一下他。"

三人点点头，让苏静放心。

回到机构的办公室，苏静便开始做工作交接了。她负责的工作内容很多，一些重要的档案也是她来管理，所以交接时间比较长。

原本由苏静负责的蔡浩杰交接给了刘擎，刘擎倒不觉得增加了负担，心想反正那两兄弟是"向日葵"的重点关注对象，他们的共同责任人都是苏映红，有领导一起看着，不用怕。

一星期后，苏静离开了。她走之后，每个人的工作内容都多了些。

生活比以前忙碌，时间的流逝仿佛也快了起来。

这天，刘擎在村委会看到了之前被蔡浩然骂的癞四，那人长得獐头鼠目，明明有手有脚的，还缠着村主任给他一个贫困户的名额，甚至还要求扶贫干部给他解决婚姻问题。

刘擎远远看着，忍不住翻了白眼——这大概就是活生生的"烂泥扶不上墙"。

想了想，她又看向房间里做作业的孩子们，有了另一种视角。像癞四这种半截身子入土的人，无论投入多少精力，改变的希望都很渺茫。孩子们就不一样了，他们还有很长的路要走，具有很强的可塑性。

经过长时间的接触，刘擎深切地感受到，这些孩子无论表面上多调皮，本质上都是善良的，没有一个是无药可救的恶徒。他们无法选择自己的出生，也无法左右家庭的变故，更无法摆脱"毒贩的孩子"的标签，只能无奈地接受命运的安排……

一个多月后，发工资了。

刘擎、赵瑞虹、王新会三人决定出去买食材，回机构吃火锅庆祝。刘擎负责买牛肉，因为她家就是干牛肉火锅这一行的，她决定亲自操刀给两个姐妹露一手。

她骑着摩托车去了陈村，这是远近闻名的"牛肉村"，很多户人家从事肉牛养殖、牛肉制品等生意，陈森家也在这边。

陈森正在村口和小伙伴们玩游戏，看见刘擎来了，欢天喜地地跑过去打招呼："擎天柱老师，来买牛肉吗？"

刘擎点点头："对呀，今天要在'向日葵'吃火锅，你要不要去吃？"

陈森摇摇头："家里做我的饭啦，不过我可以带你去认识的地方买肉。"

"行，上来吧。"刘擎拍了拍车后座。

在陈森的指引下，刘擎把车开到村子东边的一个屠宰场。停好车走进去时，有两头牛刚刚被宰好，挂在架子上冒着热气。

陈森大大咧咧地走过去跟老板介绍："叔叔，这是'向日葵'的老师，辅导我们学习的。"

老板不知道"向日葵"是什么单位，只是听到陈森喊刘擎"老师"，就爽快地说："我这里的牛肉一般不散卖，都是固定给订货的客户的，既然你是森仔的老师，我就破例散卖给你吧，价格还是批发价，你选哪个部位，我割哪儿。"

刘擎随手指了几个部位，老板手起刀落，"唰唰"几下就把肉割了下来。他走开找塑料袋的时候，刘擎注意到对方的腿脚有问题，对陈森说："他一个残疾人都这么自立，陈森，你得向他学习，看看人家多厉害。"

老板拿着袋子回来，刚好听到刘擎的话，哭笑不得："我的脚以前一点问题都没有，初中时还是百米赛跑的冠军，全村的孩子都没有我跑得快，后来是跟森仔他爸打架才跛的。"

"啊?!"刘擎大吃一惊。

老板见刘擎的反应，笑着解释："他是他，他爸是他爸，我分得清。况且，以前打架的事，我早就不记仇了。你问森仔，他一天往我家跑好几趟，我赶过他没有?"

陈森反驳道："我只是去找陈磊玩，又没有烦你。"

老板装好牛肉，递给刘擎："他爸以前厉害得很，去少林寺练过，一身力气。宰牛的本事，他在我们村称第二，没人敢称第一。可惜他后来去卖白粉了，觉得那东西来钱快，他要是继续卖牛肉多好，没人不喜欢我们陈村牛肉，这边的牛肉小吃也是远近闻名的……"

"对，对!"陈森附和道，"'陈婆牛杂'就是我奶奶开的，很多人特意开车来村里吃咧。"

"你奶奶的牛杂就是从我这里拿的，每次都挑挑拣拣，好料当然能做好味啦。"

"那也是我奶奶的手艺好!"

刘擎笑着说："那我得去尝尝了，走，陈森，带我去看看你奶奶。"

两人向老板道别，刘擎把牛肉挂在车把上，等陈森坐好后再次出发。

陈村建得很好，有新农村的感觉，只要能通车的路都装有路灯，路比陆远村的要宽，路边的房子也有设计感，整整齐齐的米白色墙体配上简约的石雕和嵌瓷，不像陆远村的房子，只注重华丽的表象。

"真好看啊……"

刘擎感叹着，后面的陈森听了，十分得意："怎么样，擎天柱也很喜欢我们村吧。蔡浩然整天跩得不行，张口闭口陆远怎么怎么地炫耀，喊，我还看不起陆远呢！"

"你们村不也有人制毒贩毒吗？怎么小孩之间还有'鄙视链'呢？"

"我们村的'猪肉佬'都是从陆远拜师的，最早开始做'猪肉'的就是陆远村，然后技术扩散到了我们村，我爸当初学了这个以后，把我们家的果园都卖了……"

"'技术扩散'，这好好的词都被你整变味了。"

"这个词是我听我爸他们说的，村里有个人为了'学技术'，还把女儿嫁到陆远呢，那家人的儿子比刚才的老板还瘸。"

"啊？很严重吗？"

"半条腿没了，后来因为贩毒，整个人都没了。"

"这……"

刘擎不知道该说什么了，感觉待在全营镇的每一天都要准备接受心灵上的"暴击"。

到了一个路口，陈森高兴地喊着"到啦，到啦"，然后催促刘擎停车。刘擎停好车，看到一个老奶奶站在一辆破三轮车前忙碌，一个架子上放了一口大锅，里面煮着热气腾腾的牛杂，老奶奶一手拿剪刀、一手拿不锈钢夹子，客人要哪一块，她就麻利地夹起来对着纸碗剪成小块，然后再往纸碗里放入几块炖得软烂的白萝卜，舀上一勺滚烫的浓汤。

刘擎站在旁边看了看，前面排队的人很多，她心想过过眼瘾就够了，没想到陈森灵活地钻入人群中，喊了一声"奶奶！我给老师打一碗牛杂"，然后操起夹子和剪刀，在一团热气中夹起不同的部位一通剪，不一会儿，就端着一碗满满当当的牛杂到刘擎面前："擎天柱，我请你！"

刘擎开心地接过纸碗，不好意思地说："谢谢，但我必须付钱，老师不能占学生的便宜，不然说出去有违师德。"

"没关系的，就一碗牛杂，我能请！"陈森豪爽地说。

"不行，你还是小孩子，等你以后长大了再请我。"

"你看不起小孩！"

刘擎哭笑不得："要是看不起你还会跟你玩吗，真是的！"说完，她走近三轮车，高举着手机扫了上面的收款二维码，顺便拿了一个塑料袋把陈森给的牛杂打包好。

陈森也不计较了，他朝刘擎挥挥手，再次钻进排队的人群中，这一次，他是要帮奶奶干活。

　　刘擎站在原地看了一会儿这温馨的画面，然后把牛杂也挂在摩托车的车把上，离开了陈村。

　　骑着摩托开在乡间大路上，刘擎的头发随风飞扬，轰隆隆的摩托车声中，尽是自由和惬意。

　　回到机构，王新会和赵瑞虹已经把其他食材准备好了，刘擎提着满满的收获招呼她们，没想到从里面走出来三个人，赵瑞虹、王新会，还有刘丽娜。

　　刘擎惊喜地叫道："丽娜！"

　　"上次一起聊天，我听丽娜说，她也喜欢吃火锅，就把她叫过来啦。"赵瑞虹笑眯眯地挽着刘丽娜的手。

　　"太好了，我买了陈森奶奶做的牛杂，大家都说那是本地第一好吃的牛杂，我们一起吃吧！"

　　说完，刘擎把牛杂放到桌上，一人夹几块，四个人很快就吃完了。王新会尤其喜欢萝卜，说比肉好吃，赵瑞虹则眼疾手快地把碗里的汤喝了，然后出了个馊主意："我们跟陈森商量一下，下次他过来的时候，顺便给我们带两碗牛杂，货到付款，也算帮衬他家的生意，怎么样？"

　　"别了吧，陈森还只是个小孩，让人家做'童工'啊？"王新会用筷子敲了一下赵瑞虹的脑袋。

　　赵瑞虹笑着揉了揉头顶："好啦好啦，我就开个玩笑！"

"不说了，我得抓紧去切牛肉，这肉就得趁新鲜吃。"刘擎提着袋子往厨房走去，另外三个人也跟着进去看。

刘擎麻利地拿起一把切肉刀，轻巧地割掉牛肉上的筋和边角，然后将肉平摊在案板上，"嗖嗖嗖"地切起来，很快就切出堆成小山状的肉片。

王新会拿起一片展开来看："纹理清晰，薄厚适中，你这是在火锅城干过吗？"

赵瑞虹也夸赞道："真的，可以考虑在镇上开个牛肉火锅店了，刘擎做后厨，新会在门口迎宾，我做前台收账，完美！到时候丽娜毕业了也过来一起干，拜刘擎为师，学习切肉，哈哈。"

"我要真学会了，就有一技之长了。"刘丽娜认真地说。

"好啊！我爸毫无保留地教我，我也会毫无保留地教你，绝不藏着掖着。"说话间，刘擎已经切了整整四大盘牛肉。

在这片欢声笑语中，刘擎感觉生活通透了许多——就算失业也不用怕，不行就去火锅店打工，别的火锅店不要，家里人开的火锅店还会不要她吗？

吃火锅最有意思的地方是聊天，就连内向的刘丽娜的话也多了不少，主动讲起班里发生的趣事，听得其他人哈哈大笑。

不过，她也讲了一些不太好的事情，让刘擎十分担忧。比如，一名学生和老师发生争执，故意去踹老师的肚子——那个老师当时已经怀孕了；某个同学用爷爷打工挣的钱给游戏充值，竟然充了一万多……

这些孩子因为缺乏正确的引导，根本不觉得这样做是不对的。

但是，刘丽娜愿意把这些事说出来，刘擎她们还是感到很高兴，至少她是信任她们的。

聊了一会儿，刘擎见大家停下了筷子，催促大家快吃，主动站起来给所有人涮肉。

她把牛肉放在漏勺上，再浸泡在滚烫的汤里，心里默念时间，看到肉的成色到位了，立即捞出，倒在盘子里。牛肉烫得不老不柴，柔嫩且没有腥味，不需要调味就可以满足味蕾，若再蘸上豉油、蒜蓉、沙茶酱，又是另一番风味。

王新会往嘴里塞着牛肉，感慨道："要想火锅好吃，除开看肉的品质，还得看怎么切，怎么涮。要是随便切切，或是没掌握好火候，再好的材料也糟蹋了——这跟教书育人是不是也有些像呢，因材施教，才能发挥这个人的才能。"

赵瑞虹接着说："陈森奶奶能把牛杂做得比牛肉都好吃，就是一个很好的例子。丽娜，我现在要说大实话，你听了别介意——社会上的一些人认为涉毒家庭的孩子都是坏牛肉，或是连牛肉都不算，是牛杂、下脚料，那些人认为应该把'下脚料'抛弃，任其野蛮生长，最后收归监狱。有这种想法的人，其实都是没有水平的'厨师'，有能耐、有责任心的'厨师'会针对不同的食材采用不同的烹饪方式，火候一到，'下脚料'也成了人间美味。"

"一顿饭还能吃出大道理——老赵你太适合给领导写工作总结了。"刘擎打趣道。

"我当然不介意，赵老师说的是实话，确实有很多人是那样想的。"刘丽娜微笑道，"这些话，我都愿意听，如果大家刻意地回避不提，我反而会觉得心里难受。"

"是呀，真正的尊重，是实事求是。"刘擎说。

赵瑞虹笑着站起身："反正做事就是凭良心，来，为各位的良心，干杯！"

"干杯！"

时间过得挺快，一晃，已经是秋天了。

按照规定，中秋节要放三天假，但"向日葵"没有放假，因为越是节假日，那些没有父母管教的孩子就越容易出事，"向日葵"的工作目标就是保证那些孩子的生命安全。以往每到节假日，都有小孩溺水、走失、出车祸等不幸的事故发生，都是家长放任不管造成的悲剧。

刘擎除了参与日常的管理之外，另一个重要的任务就是给孩子们进行心理疏导。不能等到发现问题了才进行相应的心理矫正，得主动跟孩子们聊天，聊生活、聊家常，在聊天中发现问题。

这天，刘擎正跟一位被其他小孩"投诉"过的女孩马妙琪聊天，她被投诉的原因是，对方不小心碰了一下她的手臂，她就跟触电似的尖叫。

马妙琪看起来十分内向，几乎问十句只答两三句，但刘擎为了了解她尖叫的原因，依然耐着性子跟她聊。

没想到聊着聊着，马妙琪嘴里冒出一句惊天动地的话——"王嘉铭的爷爷把我拉进荔枝林，他……他摸我……"

啊?!

刘擎顿时蒙了，她愣了愣，立刻点开手机的录音工具，继续细问下去。断断续续聊了一小时，刘擎让马妙琪去图书馆看书，然后拿着手机去找苏映红反映问题。

苏映红听完整件事后，大为震惊，她让刘擎把录音文件发给她，然后出发去派出所报案，临走前，特意嘱咐刘擎赶紧对马妙琪进行心理干预。

刘擎急得团团转，一边查资料，一边回想大学时学到的心理学知识，自由发挥。

接下来的时间，刘擎没干别的，光顾着跟马妙琪聊天了。窗外传来蔡浩然和其他孩子打闹的声音，她也不觉得烦了，因为会吵会闹的孩子，反而是最让人放心的，怕就怕平时一声不吭，背后藏着地雷的，冷不丁地炸了，就像马妙琪这种。

翌日，刘擎提议出去做做运动，有助于放松身心。她问马妙琪有没有喜欢的体育运动，对方说羽毛球，刘擎就从器材室拿了两只球拍和一个羽毛球，带她去外面的空地上。

马妙琪的羽毛球打得非常好，她的弹跳力极强，还可以灵活地换左右手接打，刘擎忍不住夸她，她不好意思地说，学校的体育老师也说过她在打羽毛球这件事上颇有天赋，要是年龄再小点就好了，还可以去参加专门的训练……

刘擎却不这么认为，她鼓励马妙琪："机会是无限的，不是每一个人参加体育竞技都是冲着世界冠军去的，你可以先定个小目标，参加附近的小型比赛，然后再往市里、省里努力，以后可以做羽毛球教练，教小孩子打羽毛球，多好啊……"

马妙琪听着听着，打球的激情越发高涨，刘擎招架不住，连忙喊赵瑞虹过来和马妙琪对打。

赵瑞虹的羽毛球也打得很好，她在大学时就是羽毛球协会的副会长，马妙琪遇到强敌，更加兴高采烈。

几轮比试下来，两人累得全身是汗，直接坐在地上休息。

赵瑞虹一边擦汗，一边看着羽毛球拍说："跟专业品牌相比，这球拍的品质一般；但跟市面上卖的很多杂牌球拍相比，'向日葵'的球拍已经很不错了。"

马妙琪点点头："比我们学校的球拍还要好。"

"你最喜欢哪个牌子的哪一款球拍？"赵瑞虹见马妙琪这么喜欢打羽毛球，心里想着要送一副全新的专业级球拍给她作为鼓励。

然而没想到，马妙琪说了一个牌子名称和型号，立刻把赵瑞虹震惊到了。那是国际赛事用的顶级球拍！

见赵瑞虹和刘擎面面相觑，马妙琪不好意思地笑笑，接着说："我家里还放着那款球拍，还给世界冠军王强签过名呢！"

赵瑞虹更加震惊了："羽毛球界的世界冠军，王强?！"

"是呀。前几年他去广海参加活动，给很多粉丝都签了名，姑姑也带我去了……"

"改天让我去你家看看。"赵瑞虹激动地说。

"可以呀，你想什么时候去都行。"马妙琪喜笑颜开。

回去以后，刘擎找苏映红打听报警的后续，苏映红说，派出所的民警去村里找了王老头问话，王老头表示没有对马妙琪进行实质性的伤害，说仅限于肢体接触。至于原因，老头说是记恨马妙琪的姑姑马兰花害自己的儿子走上了贩毒吸毒的不归路，儿子忌日的那天，他去墓里给儿子烧纸，回去的路上看到了马妙琪，顿时恶向胆边生，将她拖到荔枝林中……

"然后呢？对王老头有什么惩罚？"

"严重警告，他写了悔过书，签了名，按了手印。"

"这就结束了？应该让他身败名裂才解气！"

"他身败名裂了，妙琪不也跟着倒霉吗？"

"可这种处理方式……"

"那你有更好的解决方案吗？"

"没有……"刘擎低下头来。

"别在这件事上纠结了，我们的工作重心是照顾好孩子，不是复仇。接下来，我们要让妙琪慢慢走出阴影，拥抱新生活……"

两人正说着，负责管理器材室的翟秋芳找苏映红抱怨，说器材室的二十副羽毛球拍已经坏了一大半。

苏映红无奈地说："什么东西到了蔡浩然这帮熊孩子手上，就不会落什么好，不过球拍这东西本身就是消耗品，玩球的孩子多，球拍自然坏得快。这样吧，我下午开会，让大家注意提醒教育孩子们爱惜器材，如果有故意损坏公物的，就严厉批评。"

"好吧，那现在器材不多了，是不是要再买一些？"翟秋芳问。

"嗯，我这边吩咐人去采购，到时候送去器材室，你再清点整理。"说完，苏映红便打电话告诉赵瑞虹需要采购羽毛球拍一事，并让刘擎一同前往协助。

刘擎是外行人，分不清球拍的好坏，只负责骑摩托车带赵瑞虹在县城里东转转西转转，找售卖体育用品的店铺。

看了一家又一家，赵瑞虹都嫌贵，迟迟没有下手。在外面等候的刘擎有些不耐烦了，问："怎么还不买？这都货比好几家了，还要跑下一家啊？"

赵瑞虹解释道："太贵了！"

"那你想多少钱买？总不能让人家白送你吧。再说了，苏主任不是批了钱吗？"

"我确实有这个想法……我刚刚想跟老板谈赞助呢，他让我滚。"

"哈哈，你做白日梦呢！"

虽然刘擎一直不抱希望，但赵瑞虹认为，找赞助这条路，还是可以试一试，毕竟公益组织的钱来之不易，能省一点是一点，而且如果能找到专业一点的体育品牌赞助的话，比花钱买平价替代品更好。

转了一圈下来，赵瑞虹什么都没买，只记下了一些品牌的名字和厂家的联系方式，然后回办公室给厂家们发电子邮件和打电话。

她耐心地介绍了机构的背景情况，接着请求对方低价赞助一批羽毛球和球拍，作为答谢，"向日葵"官网及线下体育活动的海报上，都会加上品牌的标志……

等赵瑞虹打完一轮电话下来，刘擎好奇地问："你刚刚不是还想人家白送吗？怎么又改成'低价赞助'了？"

赵瑞虹笑了："直接伸手要，岂不是把人家吓跑了？说'低价赞助'的话，就代表我们是愿意花钱的，至于价钱是多低，另外再商量，这样品牌方才不容易反感。"

刘擎赞同地点点头："有道理啊！"

赵瑞虹继续忙碌起来。相同的话术，她联系了数十家单位。有的在电话里就表示很感兴趣，直接要加微信私聊；有的在收到电子邮件一两个小时后，也主动打来了电话询问合作方式，把一旁的刘擎看得目瞪口呆。

有品牌在得知"向日葵"目前紧缺羽毛球拍后，直接打电话给潮东县的经销商，让他们送一百副球拍过去，后面再给经销商补货。赵瑞虹很感动，表示以后要找机会去该品牌的总部商讨进一步的合作计划。

傍晚，经销商的小货车开进了机构的院子里，赵瑞虹招呼大家去搬物资。拆开一看，全是崭新的球拍，外包装上还印有防伪码，引得众人啧啧称赞。

"这批球拍的质量太好了，估计那帮熊孩子能用好久都不坏。"王新会兴奋地说。

"我也没想到这个品牌答应得那么快，那边还说随时欢迎我们派人过去商讨深度合作呢。"赵瑞虹一脸喜色。

苏映红从刘擎那儿了解了整件事的来龙去脉，用赞赏的目光看向赵瑞虹："瑞虹，这件事你办得非常漂亮，这样吧，今晚我们就看一下去品牌总部所在城市的车票，过几天就登门道谢，洽谈合作事宜。"

"好呀，等下我回办公室再好好整理编写合作方案等资料，做好万全的准备！"虽然忙碌了一天，但赵瑞虹依然神采奕奕，踌躇满志。

四天后，赵瑞虹和苏映红来到了奇胜体育用品有限公司的总部大楼。她们先和广告部的总监谈合作，谈了两个小时后，总监拿着"向日葵"的资料去了总裁办公室，向秦总做了汇报。秦总听完很感兴趣，邀请赵瑞虹和苏映红进办公室深谈。

赵瑞虹用自己的笔记本电脑连上办公室的投影仪，播放了王新会制作的机构宣传片。

整个视频质朴而感人，让观众了解到"向日葵工程"的核心思想和目标，心生感慨和敬佩之情。片尾，受过帮助的孩子在镜头前讲述了自己的故事，感谢社工老师们的贴心照顾……

视频播放完毕，在场的人都红了眼眶，感触良多。

秦总很年轻，只有三十多岁，他擦了擦眼睛，说："我从未想过，自己创立的品牌居然会帮助到涉毒家庭下的留守儿童。'向日葵'这个组织太伟大了……"

苏映红感激道："涉毒家庭的孩子也是祖国的花朵，也需要阳光的关照，我们的工作就是让他们像向日葵一样灿烂绽放，有了贵品牌的支持，'向日葵'的光芒必定更加闪耀。"

聊了一会儿，秦总出去打了一个电话，回来就邀请赵瑞虹和苏映红参加晚上的饭局，说到场的人都是当地做体育用品的老板，他可以帮忙介绍。

赵瑞虹跟苏映红相视一笑——孩子们的体育梦想，有希望了。

虽然这类饭局通常难以直接促进合作，但两人也抓住了宝贵的机会，向各大企业宣传了"向日葵工程"的核心主旨，成功地引起了广泛的关注。后面的事情就顺利起来了——赵瑞虹在饭局上拿到了许多企业负责人的联系方式，跟对方一一对接，谈下了一个又一个的合作项目。

两百套运动服，一百双运动鞋，一百副乒乓球拍，四张乒乓球台……一批接一批的物资陆续送到机构里，负责清点的翟秋芳激动不已，直呼"发财了"。不过，苏映红只留下了 30% 的物资，其余的都安排分给本地或者隔壁县的贫困儿童。

部分社工被调去做物资发放工作，刘擎也在内。

让她感到惊讶的是，有的孩子十几岁了，还不知道球鞋长什么样，刘擎教他们系鞋带，听到"谢谢老师"四个字时，鼻子竟不自觉地感到一阵酸涩。

本来，给孩子们发放免费的物资，是一件很正能量的事，没想到，却让全营镇的家长们不淡定了——孩子们穿着新衣服在街上一走，消息很快传遍了小镇，于是，很多家长跑到机构大楼，嚷嚷要"领衣服"。

社工们一脸蒙："'向日葵'不发衣服啊？"

家长们振振有词："不是说每个孩子都可以领吗？一个人两套，夏天、冬天的都有，我们不贪，给一套就行。"

翟秋芳无奈地解释："这是品牌方定向捐赠的，不是每个孩子都有的。"

家长们听了，一个个暴跳如雷：

"为什么？那些毒贩的孩子能领，我们这些遵纪守法人的孩子却不能领？哪有这样的道理？"

"要证明你们没问题，就给我的孩子也发一套衣服，没有衣服，发鞋子也行。"

"哼，我们也不是非要这衣服，我们是替孩子委屈——我们不犯法，孩子什么都没有；蔡三金那种坏事做尽的，两个孩子各来两套新衣服，这公平吗?! 还有啊，这'向日葵'的图书馆，什么时候能让我家孩子也借本书看看？我家孩子说，图书馆有一套《奎和老鼠》，整整六本，陈森都看到第五本了，他连一本都没看过！我跟孩子说了，你进不去那里，因为你爸妈不沾毒！"

"我看你们'向日葵'赶紧关门算了，不干人事！"

"就是啊，凭什么只优待毒贩的孩子！"

群情激愤，聚集的人数越来越多，苏映红把社工们喊到一边，隔着门商量对策。

翟秋芳提议："要不给他们每人发一副乒乓球拍算了？反正库存比较多……"

王新会表示反对："不行，这不就成了'按闹分配'吗？那以后'向日葵'有什么物资，就都得面向全镇的孩子发放，麻烦不断。"

刘擎说："我感觉，现在我们说什么，家长们都听不进去，我们需要找一个有地位的人作为代表劝说他们。"

张灵点点头："要不要报警啊？由着他们闹下去也不是办法。"

苏映红若有所思，这时，外面稍稍安静了一些，她们开门一看——是镇长来了。

镇政府就在机构大楼的斜对面，这么多家长聚在一起闹事，镇长不可能不知道。他让随行的工作人员帮"向日葵"的社工在大门外维持秩序，然后走进院子里，和社工们谈话。

镇长叹息道："我大概了解了事情的经过，本来发衣服是件好事，但现在好事变坏事，就是做事的方法有问题。"

苏映红有些委屈："镇长，这些衣服确实是品牌方定向捐赠的，我们严格按照捐赠者的要求发放，没有违规……"

"合规但不合情理呀！"镇长忙问，"那些衣服还有吗？我看看。"

"有有有！"刘擎三步并作两步跑进一个小房间里，没一会儿就拿着一套衣服出来递给镇长。

镇长拆开衣服的外包装，仔细看了看，原本绷紧的眉头顿时舒展开来："你们看，这些衣服上，都印着'向日葵'的标志，你们向闹事的家长们说明这个情况，大家一听，哪里还会争着要？"

苏映红茅塞顿开，向镇长致谢后，立马拿着衣服出去跟家长们解释。原本闹哄哄的家长们听到这样的解释，渐渐安静下来。

苏映红接着说："至于图书馆的开放问题，我们非常重视大家的反映。从今天开始，全营镇所有孩子都可以来向日葵图书馆看书，免费办理借阅证。

"另外，我们的活动中心也全面开放，我们随时欢迎孩子们过来玩。其实，涉毒家庭的孩子们也十分渴望融入集体，如果其他孩子愿意跟他们相处，互相帮忙，共同进步，这对于双方来说都是好事……"

家长们一听到让自家孩子跟涉毒家庭的孩子一起玩耍，又开始你一言我一语地议论起来，担心自己的孩子会被涉毒家庭的孩子带坏。

这时候镇长站了出来，用当地方言说了一番话，大概意思就是说，"向日葵"是省公安厅禁毒办重点扶持的公益组织，承载着重要的社会责任与使命。当前，政府正着力于恢复全营镇的正常经济生活，而声誉的修复是一项更为长期且艰巨的任务。在此背景下，"向日葵"扮演着至关重要的角色。孩子代表着未来，如果孩子的问题没有妥善处理，大家以后的日子也不好过……

听完镇长这番肺腑之言，家长们虽然心有不甘，但还是平息了怒火，不再纠缠，纷纷散去。

问题解决了，大家又开始忙自己的事。

刘擎继续做心理疏导工作，以及去陆远村辅导孩子们做作业；王新会继续做"向日葵"的宣传工作，用于宣传的专业设备越来越多，剪辑视频也越来越熟练；至于赵瑞虹，自从"化缘"成功后，大家见到她的次数就越来越少了，因为她要经常往外跑，跟不同的商家、厂家洽谈捐助事宜……

看着王新会和赵瑞虹充实而富有激情的工作日常，刘擎开始反问自己：似乎只有她的工作最庸常、琐碎。没有什么大事，但也不风平浪静。每天都有孩子打架，不是这个打了那个，就是那个打了这个。她还要经常跟孩子们谈心，有的孩子平时表现挺乖，但在学校跟同学起了争执，能举起凳子砸对方的头；有的孩子看着一脸稚嫩，结果早早就开始"谈恋爱"；另一边，蔡浩然找刘擎要手机玩也成了习惯，动不动就拿手机谈条件，刘擎让他做什么，他就要求做完后要玩一会儿游戏……

怎么办？没有人告诉刘擎该怎么办，工作之后就会发现，很多听起来义正词严的大道理，在实际工作中只是无用的废话。真正助人成长的经验，得靠自己一步步摸索，甚至不停碰壁才能得到。

想到这里，刘擎只能在心里暗暗叫苦，安慰自己并不是孤军奋战，每个人有每个人要完成的"使命"。

第六章

蛛丝之局

　　因为在工作上对"向日葵"做出重大贡献，领导给赵瑞虹升了职，调去了广海总部。

　　谁也没有想到，赵瑞虹会以这样的方式，重新回到省城广海。

　　苏映红为赵瑞虹举办了欢送会，她和其他社工去市场买了丰盛的食材，周小钦则找来了认识的乡厨，做了一顿可口的饭菜。

　　席间，大家一起祝愿赵瑞虹前程似锦，赵瑞虹哭了，苏映红也哭了，她喝了许多酒，拉着赵瑞虹的手说："你优秀，我高兴……可惜我留不住你这个人才……"

　　刘擎在一旁安慰："苏主任，瑞虹其实没走，还在'向日葵'呢，只是一个分部，一个总部。以后我们在总部也算是有熟人啦！"

　　苏映红听了，破涕为笑："这一杯，敬各位！"

　　赵瑞虹擦了擦眼泪，站起身说："我再给刘擎和新会敬一杯，如今的我们已经不是懵懂的新人了，是三株根红苗正的向日葵！"

　　"好！再敬'向日葵'……"

赵瑞虹不断地跟大家碰杯，很快喝醉了。

第二天是休息日，赵瑞虹十分珍惜剩下和朋友们相处的时间，起床后，她特意约刘擎、王新会以及张灵一起去赵花戈家玩耍。

其实，赵花戈早就邀请赵瑞虹等人去自己家玩了，只是她们都有各种各样的原因不能赴约，这次终于有机会了。

赵花戈家的渔排在陆远港的西北方向，要坐小渔船过去。这种船十分窄小，人一站上去就摇摇晃晃的，四人有些害怕，赵花戈稳稳地站在船头，对她们说："我爷爷在船上呢，怕什么？"

四人颤颤巍巍地上了船，赵爷爷笑着扭头说："你们尽管坐好，出了事我负责。"

海风徐徐，赵爷爷悠悠哉哉地开着船，大约二十分钟后，到达自家的渔排前。

这里的渔排规模庞大，和她们之前去过的渔排餐厅不一样，是"海上畜牧业"的真正形态。

一条条长板拼接成纵横交错的框架，水下绑着浮筒、养殖箱，水上则是供人居住的房屋，家家户户相互联结，渔排之间还有着四通八达的水路，如同一片漂浮在海上的村庄，令人叹为观止。

刘擎、王新会、赵瑞虹感觉大开眼界，纷纷拿出手机拍照，张灵介绍道："看，每一家的屋檐都挂着一个红灯笼，红色代表喜庆，渔民们看到了红灯笼，就感觉回到了自己家。"

"那'向日葵'就是全营镇的红灯笼，嘻嘻！"赵花戈说。

张灵亲昵地摸了摸赵花戈的脸蛋。在"向日葵"里，赵花戈是最受大家喜欢的，成绩不错，性格乖巧，嘴巴还甜。

四个女生在渔排上玩了一会儿，赵花戈过来喊她们，说爷爷给她们找了钓鱼的好位置，凳子、鱼竿、饵料也准备好了。

刘擎本来对钓鱼不感兴趣，没想到鱼饵投下去不久，她就感觉钓竿往下沉了沉，赵花戈看见了，跑过来帮她一起收竿，竟收上来一条三斤多重的鱼。

"厉害啊，刘擎，这么快就钓到大鱼了！"王新会羡慕地说。

"嘿嘿，可能是碰巧啦，我看这鱼呆呆的。"刘擎不好意思地笑笑。

"老师老师，快看大船！"

赵花戈指着远处的一艘轮船，眼里放着光。

张灵说："花戈，好好学习，以后工作赚大钱了，我们一起坐豪华邮轮，那是航行在海上的五星级酒店！"

"张老师，你坐过吗？"

"嗯……我还坐不起……如果有机会了，一定体验体验！"

"你这话，我爸也说过。"

"啊？"

"他之前在渔排上做'猪肉'，说赚钱了就带我坐大船去玩，可直到被抓之前都没带我坐过……"

见赵花戈的情绪有些低落，张灵忙安慰道："不一样，你爸爸后来是去干坏事了，干坏事赚来的钱注定留不住。如果他一直坚持做正当生意，也有机会赚到能带你坐大船的钱。"

赵瑞虹接着说道："我们都是独立的个体，花戈，既然爸爸已经指望不上了，那就靠自己的能力让自己过上好生活，同时报答悉心照顾自己的爷爷。"

"嗯嗯！我要快快独立起来，以后赚好多好多钱，请爷爷，请老师们一起坐大船！"灿烂的笑容重新回到了赵花戈的脸上。

蔚蓝的海，白色的云，炭火上是咕嘟作响的茶壶，赵爷爷给她们煮了自己种的茶，刘擎喝着茶，顿觉喉咙顺滑，苦涩生甜。

"我要告诉全世界——这一刻——我！很！幸！福！"王新会对着大海喊道。

"我也很幸福！"其他人也跟着喊起来。

"嘿，新会，你现在拍一点空镜头当素材，肯定特别好看！"

"对呀！我这就拍！"王新会说着就拿出设备，开始拍摄。

正拍着，取景框中一艘"大飞"朝着渔排疾驰而来，船头站着两个人，看起来十分亲密。等"大飞"靠岸了，女生们都放下了钓竿，欢呼雀跃地迎上去——是苏静和肖可为。

"你们怎么来了！"刘擎激动地说。

"苏静听说赵瑞虹要走了，就给她打了个电话，听她说在渔排这边玩，我正好在陆远村办案，就开车载苏静一起来找你们。"

"办什么案啊？谁死了？"刘擎紧张起来——该不会她几天没去村里，就出了命案吧？

"喂喂喂，你就不会想点好的。"肖可为被刘擎的反应逗笑了，"就是陆远村的蔡水根，走在路上，突然被人打了一棍。"

刘擎放下心来："噢噢，这种应该就是村民之间的纠纷，不算大事。"

不远处，有个戴着渔夫帽的男人在跟另一家的渔排主人说话。

他的船锈迹斑斑的，船身比较长，吃水也深，估计是用收废品的材料焊接出来的。船上装了不少货，开得慢吞吞的。

刘擎觉得这个男人有点眼熟，问赵爷爷认识吗，赵爷爷顺着刘擎的目光看去，说："收废品的老李！这人可聪明了，来时船上装着饲料，回去时装鱼，几种生意换着干。"

聊了一会儿，废品汉驾着船朝赵花戈家的渔排驶来，冲赵爷爷喊道："赵哥，送不送鱼？"

赵爷爷走过去，摆摆手："不送了，再长几天再说。"

"好咧。"

废品汉吹着口哨，往前开去，一切都是那么自然。

没有人发现，他就是蔡三金。

曾经的蔡三金只是陆远村的一名普通村民，没什么学识，凭借一身胆量做起了"猪肉"生意。他起步比较晚，周边村子有比他早做的，但生意都没有他做得大，因为只有他严抓质量，保证纯度。在躲避警察的追捕这方面，他也是毒圈里特别狡猾的一位。别人潜逃回来没多久就会被抓，都是因为急于求成所以暴露了身份。但他不一样，他为了实现目标，愿意长时间地隐忍。

这段日子，他已经有意无意地看了很多次儿子，即使再心潮澎湃，他都忍住不上前。他很喜欢的一本书上有着这样一句话：要想把一滴水隐藏起来，最好的办法就是让它流入大海。

如今的他确实如此——放下曾经嚣张跋扈的富豪身份，藏进社会的最底层——这一层的人最多，最不容易被发现。

只要能够带走两个孩子，他什么都能忍。忍着烈日收废品，忍着腥臭收鱼，到了深夜，还要冒着巨大的风险在海边奔波，只为寻找最稳妥的出海路线……

无人在意蔡三金的远去。

张灵去帮赵爷爷收拾海货，肖可为继续和刘擎坐在渔排上聊天。苏静、赵瑞虹和王新会则拿着鱼竿过去，一边钓鱼，一边听肖可为讲蔡水根遇袭一事。

"几天前的一个晚上，蔡水根快要走到村口时，感觉有人在背后跟踪他，但他回头却连人影都没看见。他加快了脚步回家，在拐到自己家所在的小巷时，原以为安全了，结果他猛地听到了有脚步声从身后靠近，刚准备回头，一个黑影朝他打去，他的头顶挨了一棍，接着整个人就晕倒了。醒来后，他去报警，说感觉对方是蔡三金。"

"蔡水根……蔡水根……"刘擎念叨了几句，她去陆远村有段日子了，可还是没搞清楚村民的名字，也许见过面，但对不上号，她笑着说，"我觉得这个人就是被打迷糊了，蔡三金为什么要打他啊？我在陆远村待的时间不长，也知道蔡三金在本地是个大人物，普通村民跟他基本没有瓜葛。"

"那他为什么报案时说是被蔡三金打的呢？我们问他看清袭击者的脸了吗，他又摇头，说只看见一个黑影。"肖可为皱起眉头。

"会不会是这样——蔡水根想快点揪出打他的人，为了引起警方的重视，所以骗你们说是在逃毒贩蔡三金打的。"赵瑞虹一说完，大家都笑了。

王新会假装推了她一把："你什么意思啊，影射警察敷衍办案？苏静，你说她过分不！"

"问我干什么？问肖警官啊！肖警官，点评一下小赵的推理呗？"苏静笑着看向肖可为。

"呵呵，这个推理逻辑确实说得通，不过我们还是会认真调查的。"肖可为说。

赵爷爷不知从哪里借来了一个烧烤架，招呼大家去烧烤。

炉子里的炭火已经烧得很旺了，赵花戈把刷好油的鱼放进网夹里夹住，支在炉子上烤。其他人也赶忙把自己钓的鱼提过去。

撒了烧烤料的海鱼香味四溢，一群人围着烧烤架聊天，女生们聊得火热，肖可为也跟赵爷爷聊了许久。

赵爷爷相当于陆远港的活地图，谁家的渔排在什么位置、谁家有什么船、谁家的鱼来自哪里，他都知道。

"叔，你说陆远港进来的鱼，也有从外国渔船交换来的？"肖可为敏锐地捕捉到了一条关键信息。

"是啊，我们的渔船到了公海，偶尔会遇到外国的渔船，如果我们的渔船空着，他们的渔船满了，双方可能当场就交易了。我们搞到外海的鱼，运回来能卖钱；他们的船空了，也能继续作业，反正对大家都有利。"赵爷爷夹起一条刚烤好的鱼塞到肖可为碗里，"吃，多吃点！你工作辛苦，太瘦了！"

"这边的进出口生意很发达啊。"肖可为正感叹着，一条油滋滋的小胖鱼就塞到了自己的碗里，他连忙道谢，"够了够了，我吃好多了，谢谢叔！"

赵爷爷长叹一声："杀头的生意有人做，赔钱的生意没人做，要不然，这里之前怎么走私那么猖獗呢，进出方便呗。"

肖可为望向远方的茫茫大海——若蔡三金想进出陆远村，只有通过陆远港。航空和陆路，都不可能……

赵瑞虹走了，宿舍一下子空了许多，刘擎的心里也空落落的。

除开偶尔在微信上和对方聊聊彼此的境况以外，刘擎把重心完全放在了辅导孩子们的作业上。她专心翻阅着手头的教学资料，结合从网上搜索到的教学视频，对这份工作越发地得心应手。

陆远村那些涉毒家庭的孩子，本就缺乏管教，如果遇到不负责任的老师，则更是雪上加霜。刘擎认为，自己既然接受了这个任务，就要尽心尽力地做好。为了深入了解陆远村，更全面地展开自己的辅导工作，刘擎向蔡建林申请了去小学里观摩那边的老师如何给孩子们上课。

其中一位五十多岁的男老师，令刘擎印象深刻。他叫蔡文学，偶尔有调皮的孩子喊他"蚊子老师"，他也从不生气。他对所有孩子都一视同仁，课堂上有回答错误或者答不出问题的，他都不会计较，只会微笑着引导孩子，说上一番鼓励的话。这位蔡老师的教学风格既轻松又风趣，给了刘擎极好的教学灵感。比如讲数学题的时候，蔡老师经常用生活中的事物举例，说给荔枝园上化肥，买了多少，剩了多少，让孩子算实际用了多少，孩子答对了，他就从口袋里掏出一份零食作为奖励，有时候是糖，有时候是一小包鱼干……

某天放学后，刘擎特意去找蔡老师聊天。

"蔡老师，你对孩子们这么有耐心，是不是怀揣着对教育事业的崇高理想和奉献精神……"刘擎用崇拜的眼神看向他。

蔡老师不好意思地笑笑："我没觉得这是奉献啊。跟孩子们一起，我每天都很开心。我学历不高，每个月领几千块工资，就是教教孩子们读书认字，跟那些真正为国家做了大贡献的人没法比。'奉献'这个词，我可没脸说啊。"

看着蔡老师的笑容，刘擎的内心被深深地触动了。她接着问："那蔡老师，你是怎么看待涉毒家庭的孩子的？"

蔡老师坦然道："这些孩子无非是有些坏习惯、坏毛病，但越是这样，就越需要老师的正面引导。要是每个孩子生来都是懂礼貌、爱学习、没有任何瑕疵的，那还要老师做什么？"

一番交谈下来，刘擎感觉自己都有些热血沸腾了。蔡老师很享受自己的工作，对当下的状态也很知足，活得十分通透。

还有两名年轻老师，和蔡老师轻快的教学风格不同，他们的特点是激情满满，活力无限。课堂举例时，会贴合现在小孩子的兴趣点，将教学内容代入"奥特曼""哪吒""孙悟空"等儿童喜爱的角色，有时候还会让孩子们进行"角色扮演"，教室里经常传出笑声。教学经验可以随着时间积累，但俯下身来，探究孩子们热衷的事物，这份真诚是经验无法代替的。

刘擎感觉，自己从他们身上学到了不少东西，也更有信心做好手里的工作了。

这天下午，刘擎又去了村小学。这次她去的是老师办公室，找那里的老师要来学生们的作业查看。

她先看作文，虽然小孩的文笔十分稚嫩，但这是一个观察心灵的重要窗口。有时候一些心里话，小孩子不愿意跟大人说，但愿意写在作文里。

她一篇篇地翻看，大部分孩子都是写身边的人或者记录最近发生的事，题目大多是《我的××》《难忘的××》等。

她翻到了蔡浩杰的作文本，其中一篇作文写的是《我的爸爸》。

蔡浩杰在作文中写道："我的爸爸很有名，大家都说他是大坏蛋，但我觉得不是，因为大家说他做的那些坏事，我都不知道。我只知道，他会带着哥哥和我在草原上骑大马，坐大船去看大鲨鱼，去全国最大的游乐园玩，还会给我买最新款的玩具……虽然现在爸爸不在我的身边，但他跟我说过，他不会丢下我和哥哥的，他走之前和我拉钩了，爸爸绝对不会失约的……"

刘擎回想起之前的种种细节，后背一寒。

在办公室待了两个小时后，放学的铃声响了。

外面变得热闹起来，刘擎也跟其他老师一起走到了学校门口。

家长们在外面喊着自己孩子的名字：

"晓晴！"

"洋洋！"

"梓萱！"

…………

就在这时，忽然有人喊了一个耳熟的名字："蔡水根！"

刘擎打了个激灵，她条件反射一般看向声音的出处。

一个头上包了白布的中年男人骑着一辆电动车，从大路朝着村小学这边来了。

村民们知道蔡水根被人打晕这件事，七嘴八舌地问候他在镇医院治疗得怎么样，并让他想想最近得罪了什么人。

"蔡水根，蔡水根……"

刘擎反复在心里念着这个名字，当她看到蔡水根本人时，她一下子蒙了。她的脑海中，闪现出一个画面：那天，为了给侄子出气而打了蔡浩然的那个人，就是蔡水根！

她立即躲到隐蔽处打电话给肖可为，等电话一接通便着急地说："我有合理推断，蔡三金真的回来了，就在陆远村！"

肖可为没有多问什么，很快应道："好，我尽快过去。"

挂了电话，她想上前向蔡水根打听点什么，好帮肖可为套套话，斟酌了一会儿，她考虑到自己只是一个外人，猛然上前打听会显得唐突，加上辅导孩子们做作业的时间要到了，只好作罢。

去村委会的路上，刘擎一直心事重重。

值钱的东西早就没了，蔡三金冒险回村，最大的可能就是带走他的两个孩子，她作为蔡浩然和蔡浩杰的负责老师，到了出事那天，能应付得来吗？

刘擎比规定的时间晚到了十几分钟，令她感到欣慰的是，她推开门时，所有孩子都到齐了——当然，不是每个孩子都在专心做作业，像蔡浩然那种调皮鬼，连一块橡皮、一支铅笔都能玩半天。

今天，刘擎发现，坐在他旁边的蔡浩杰十分不对劲。

以前的蔡浩杰虽然也经常想事情想得出神，但只要刘擎提醒一句，就会立刻乖乖动笔。现在的蔡浩杰仿佛背后有什么人撑腰似的，让他做作业，他却顶嘴，说国外的小学生都不用做作业。

刘擎不知道蔡浩杰是从哪里听来的，无奈地说："可你在国内啊，你看你同班同学意萌、广羽、嘉桦……不都在认真写吗？特别是嘉桦，她每次都是第一个到，作业也是第一个完成的，榜样就在身边，我们要向嘉桦同学学习哦。"

蔡浩杰扁起嘴，小声嘟囔："那，万一我去国外上学呢？"

"白日做梦！"蔡浩然朝蔡浩杰的脑袋拍了一巴掌，"快写！奶奶在家等我们回去吃饭呢。"

蔡浩杰委屈巴巴地揉着脑袋："奶奶在家老干活，不陪我们玩，我想'闪电'了……"

蔡浩然乐呵呵地说："那我们更要快点写作业了，这样就能早点去找'闪电'玩！"

蔡浩然的话让蔡浩杰来了兴致，终于埋头写起了作业。

"闪电"是马阿姨家的其中一只小狗，胖乎乎的，但跑起来特别快，所以两兄弟给它起名叫"闪电"。蔡浩然一直想要，但马阿姨说已经答应好要送人了——要送的那个人就是刘擎，蔡浩然不知道，刘擎其实计划要在他生日这天，把"闪电"作为礼物转送给他。

等孩子们做完作业各回各家，苏映红也开车到村委会了，她给刘擎打了个电话："忙完了吗？忙完就出来，我们一起去蔡浩然家。"

刘擎高兴地说："忙完了，苏主任，你真准时！"

苏映红笑笑："今天可是要给村里的孩子王过生日呢。"

其实苏映红完全可以提前在村委会外等候，把蔡浩然和蔡浩杰一起送回家，顺便庆祝生日，无奈蔡浩然有着跟"闪电"一样灵敏的鼻子，她怕对方"闻"到车上有生日礼物，没了惊喜，所以特意等他们都回家了，她再开车接刘擎一起去蔡浩然家。

十分钟后，苏映红停好车，带着刘擎轻轻敲响了大门。

开门的正是蔡浩然，客厅里传来动画片的声音。见到苏映红和刘擎，蔡浩然诧异地问："我做完作业了啊？没犯什么错啊？等等……我已经跟老K和大熊说好了互相不告状，谁又把我卖了？"

苏映红皱起了眉头："什么？你跟他们又打架了？"

蔡浩杰走过来，应道："哥哥跟他们互相打，打着打着，就从房顶滚下来了……"

见苏映红的脸色变了，蔡浩然立马给自己解释："我们在二楼的平台玩，不小心摔下去了，不过没事，下面有厚厚的沙子呢，没受什么伤。"

刘擎正想就这件事批评蔡浩然，苏映红拍了拍刘擎的肩膀，摇摇头："以后不能这样了，要是下面没沙子，可是会出人命的。进去吧，我跟刘老师是来给你过生日的。"

蔡浩然和蔡浩杰一边领着两人往里走，一边反问："生日？"

苏映红说："是啊，身份证上你的生日就是今天啊。"

两兄弟哈哈大笑。

等大家围坐在桌前，蔡浩然才给大家解释，原来，两兄弟在办身份证时登记的日期是乱写的，只有年份准确。而且，陆远村的习俗是只过农历生日，推算下来，蔡浩然真正的生日要在一个月后了。

苏映红听完，笑着说："那也没关系，算是我们提前给你过生日，到了你农历生日那天，你可以跟小伙伴们一起过。"

蔡浩然没吭声，蔡浩杰在一旁说："好呀好呀，反正还有蛋糕吃呢。"

"对呀，不只蛋糕，我还给你带了生日礼物，当当当当——机甲战士的模型！"

苏映红拿出一个包装精美的礼品盒，蔡浩然眼睛一亮，立刻起身拿在怀里，拆开了包装，可刚看到里面的东西，他就失望地说："……苏老师，你买的是盗版。"

"啊？"苏映红尴尬地看过去，"这还有盗版？"

"当然了。你们等一下，我让你们看看什么是正版。"蔡浩然快速跑上楼，把楼梯踩得噔噔响，原本在房间里缝衣服的林淑慧也被吵出来了。

"慢点，慢点，别摔着哟……"林淑慧走出来一看，发现苏映红和刘擎来了，连忙放下手中的衣服，走到柜子前，找茶叶给两人泡茶。接着，林淑慧看到了桌上的蛋糕，得知两人的来意，高兴得直抹眼泪，连连道谢。

三人正聊着天，蔡浩然抱着一个大纸箱下来了，他把箱子放在地上，然后打开，刘擎惊呆了：满满一箱的玩具手办。

蔡浩然随手拿起一个手办，给大家介绍正版和盗版的区别，说得头头是道。

苏映红笑了，解释道："不好意思啊，我也不了解这些，就在网上搜了搜，看销量和评价挺好就买了。"

蔡浩然一副了然于心的表情，说："没事啦，苏老师你不玩这个，肯定不懂。"

蔡浩杰则在一旁神气地说："这些手办最便宜的也要上千块，都是爸爸带我们出国买或者直接在国外买好带回来的，限量版。"

苏映红和刘擎大吃一惊，没想到，小小的玩具居然那么贵。

林淑慧把苏映红买的手办塞到蔡浩然手里："这是老师的心意，收好了，快说谢谢！"

蔡浩然拿着手办，有些不情愿地说："谢谢老师。"

林淑慧看向箱子，又说："这些东西都是三金买的，三金宠孩子，给孩子花钱跟泼水似的。我们家里很多东西都被当赃款没收了，这箱东西没被收走，也算是给两个孩子留个念想了……"

蔡浩然咬了咬嘴唇，把苏映红送的手办丢进了箱子里。

刘擎拍着手打圆场："浩然，还有一份礼物哦！"

　　苏映红看向刘擎，她不知道刘擎也准备了礼物，蔡浩然立马问道："另一个是什么？该不会是指蛋糕吧！"

　　刘擎说："那份礼物还没拿进来，我去拿。你们先收拾收拾桌子，准备给蛋糕插上蜡烛，等我回来，我们一起吹蜡烛，好不好？"

　　"好！"两兄弟开心地应道。

　　刘擎出了门，一口气跑到蔡建林家，"嘭嘭嘭"地敲门，一分钟后，门开了，蔡建林看到扶着腰气喘吁吁的刘擎，疑惑地问："刘老师，跑这么急，是出什么事了？"

　　"小狗！我来拿小狗！"

　　马阿姨也过来了，听到刘擎的话，她笑着说："好好好，马上拿给你。"

　　马阿姨走进屋里，找了个竹篮，把"闪电"放进去，递给刘擎。

　　刘擎激动地说："谢谢马阿姨，谢谢蔡主任，我下次再来看你们，现在要先走了。"

　　"不客气，慢点走……"两夫妻笑笑，看着刘擎急匆匆地转身离开。

　　刘擎提着篮子经过祠堂和小巷，一个男人从她身边快步走过，她直觉去的路上也遇到了同样体形的人，但此时的她只想着快点给蔡浩然看到"闪电"。

　　到了蔡浩然家，见她把"闪电"拿了过来，两兄弟高兴得又跳又叫。

苏映红带头唱了生日歌，蔡浩然许了愿，吹灭了蜡烛。

刘擎问："浩然，你许了什么愿呀？"

蔡浩然说："我希望……爸爸在外面好好的，我还想让他知道，我有了一只超可爱的小狗，它叫作'闪电'！"

蔡浩杰不假思索地应道："爸爸肯定会知道的。"

"你怎么知道？"

"反正我就是知道，他会知道……"

两人绕口令般说了一番没头没脑的话。

第二天，就在刘擎照常辅导孩子们做作业时，肖可为来了。

他跟刘擎在走廊里寒暄了几句，然后去了蔡水根家。

蔡水根此时正在躺椅上休息，头上依然缠着纱布。

看到肖可为来了，蔡水根眼神一亮，立马站起来迎接："小肖来啦，里面坐！"

肖可为简单环视一圈，然后跟着蔡水根走进屋里坐下："水根叔，我就开门见山了，我这次还是来找你聊聊你被打的事的。"

蔡水根一边沏茶，一边说："哎哟，小肖，别看我被打了一棍，我的脑子清醒得很！我把最近一年做过的事、得罪过的人，一个个翻来覆去地数，都没有数出严重到得敲我一棍的，唯一算得上闹得比较大的，就是不久前孩子们打架，我打了蔡浩然两耳光了。我那天下手是重了点，可我是在气头上嘛，侄子被打得头破血流，我这个大伯，怎能不气啊！而且蔡浩然是毒贩的孩子，毒贩都跑了，他的孩子还敢在村里嚣张，这也太没天理了！大的抓不着，难道小的还治不了？政府就应该把这小的抓住，拴到市里的广场上放广播放新闻，让蔡三金看到，看他回不回来自首……"

　　眼见话题越说越偏，肖可为忙挥手打断蔡水根滔滔不绝的发言："停一下……水根叔，你后面说得太过激了……而且你打了蔡浩然这事，不一定非得是蔡三金出面，他的亲戚朋友都有可能替他报仇的吧？"

　　蔡水根坚决地摇头："掉毛的凤凰不如鸡！他家也没剩几个亲戚朋友了，死的死、抓的抓——要是有，我也不敢当着那么多人的面打蔡浩然啊。"

　　肖可为想了想，问："那你有没有发现什么蛛丝马迹，比如在陆远村，你有没有碰见过可疑的人？"

　　"什么意思？蔡三金真的回来了？"蔡水根瞪大了眼。

　　"你报案时不就这么说的吗？"

　　"我那是猜的……他要是真的回来了，那我……我们一家人……"

　　"水根叔，你别担心，他已经敲过你的头了……"

　　"对对对，已经敲过我的头了，事情已经过去了，那一棍挨得值了……"蔡水根说着摸了摸头上的纱布，喝下一整杯茶，"等等，我想起了一个人，那个收废品的老李！

"经常在陆远村出没的人，我基本都认识，唯独那个老李，我怎么看怎么感觉不对劲……

"对了，我那天打蔡浩然的时候，老李也在不远处看，我那时候没多想，以为他是跟别的村民一样看热闹呢，现在回想，我被偷袭的那天下午，老李也在村里……还在蔡浩然家附近出现过！这，这……你看，是不是串起来了……"

肖可为记下了这些，起身拍了拍蔡水根的肩膀："好的，叔，如果有新情况随时联系我，今天的谈话内容千万不要告诉别人，毕竟事情还没有查清楚。"

他离开蔡水根家，又返回村委会，调取冲突那天的监控。

视频中，场面一度混乱：刘擎紧张地护在两个孩子面前；家长们拉着自己家的孩子不让乱跑，同时侧头观望；路过的村民一脸玩味地站着看戏；人群中，唯独戴着帽子和墨镜的废品汉举止显得不自然——其他人的动作都是带着些防备，生怕被误伤，而废品汉却几次都想上前，后又停在原地。

肖可为想起之前渔排摊主说过有废品汉住在海边的制冰厂里，于是立即动身前往。

一下车，他就闻到一股铁锈味，以及鱼肉的腐烂味。

周围只有十分暗淡的路灯，肖可为绷紧了神经走在其中，轻微的野猫叫声都令他警惕万分。

　　进入制冰厂了，肖可为从腰间取下警用手电筒，小心地观察着厂内的环境。

　　他看到了几个废品堆，酒瓶、塑料瓶、废纸、钢材……全都整整齐齐地码放着。

　　再往前巡视，每个区域都黑漆漆的，没有一丝生气。

　　走到一栋破烂的红砖房子外面时，肖可为听到了"喀嗒"一声，他立马拔出手枪："谁？出来！"

　　"乓！"一颗子弹擦着他的耳朵飞过，打在后面的钢条上，顿时火花四溅。

　　肖可为根据子弹的运行轨迹推断对方可能藏身的地方，然后迅速朝着那个方向开枪，一个黑影闪避到一旁，肖可为没看清，喝道："出来！我是潮东县公安局缉毒大队的刑警，根据通缉令来执行抓捕蔡三金的任务，如果你就是蔡三金，放弃抵抗，主动自首，可以争取从宽处理！"

　　对方不吭声。

　　肖可为直觉这个人不是蔡三金，有可能是别的逃犯。

　　就在这时，又是"乓"的一颗子弹射来，肖可为一个转身，子弹打在了他刚才站的位置上，接着，两人在遍布障碍物的制冰厂内，开启了激烈的枪战。

　　对手不断换位，肖可为也跟着快速移动，稍有疏忽都可能丧命。

两人从室内打到室外，突然，肖可为发现后方传来动静，暗叫不好：上当了，调虎离山！

他想抽身追过去，但前方还有袭击，让他无暇顾及身后。随着"轰隆"一声响起，他知道，蔡三金已经驾车逃走了。既然已经追不上蔡三金了，他便专注于对付此时袭击他的人——这个人很有可能是蔡三金找来的打手。

他屏息凝神，判断着对手的大概方位。

半分钟后，他将手电筒甩了出去。

手电筒在空中旋转，强烈的光束扫破黑暗，随着"咣当"一声，对手暴露了！肖可为迅速开枪，角落里传出一声闷哼，紧接着便是有人倒地的声音。他打开手机照明，谨慎地上前查看，惊讶地说："马海?!"

马海，通缉犯，因为"飓风扫毒"行动当天恰好去了外地，暂时躲过了警方的抓捕。他是马兰花的手下，跟蔡三金也非常熟悉，是两大毒枭的联络人。

肖可为不淡定了——

马海居然在蔡三金藏身的巢穴?

还这么拼命地掩护蔡三金逃走?

为什么?

两路人马是有可怕的合作计划吗……

第七章

暗战升级

　　凌晨三点，潮东县公安局内灯火通明，王局长临时召开紧急会议。

　　此时，马海正在医院里接受抢救，缉毒大队已经派出一组小分队封锁了制冰厂，会议室的大屏幕上，播放着现场回传的视频。现场人员提取了工厂内部分物品上的指纹，与数据库里的指纹进行比对，证实是蔡三金的。

　　蔡三金回来了，而马海的身份说明，马兰花很有可能也回来了，这令警方激动不已——漏网的大鱼终于要上岸了！

　　王局长果断地部署了抓捕计划：即刻成立专案抓捕小组，由陈副局长担任专案组组长，并抽调精英骨干加入专案组。为确保行动万无一失，王局长请示了上级领导给予全面的统筹及安排，强化海防线的监控力度，省内各市县缉毒队伍的信息共享，动用一切资源，全力抓捕蔡三金和马兰花。

　　肖可为在会上被点名进入抓捕小组。他心里有些忐忑，但更多的是激动，这次的任务不仅是对自己能力的一次重大考验，更是实现个人价值、展现担当精神的绝佳机会。他已经做好准备，要带着满腔的热血与信念，迎接即将到来的挑战。

一番讨论后，陈副局长发言："小肖是从'向日葵'那里得知蔡三金的线索的，从中可以推断，蔡三金这次回来，大概率是为了孩子。那么，只要我们紧紧盯着孩子们，就有希望抓住蔡三金……但如果我们直接在孩子的身边布置人手，很容易把蔡三金吓跑。潮东县的海岸线很长，每天作业的渔船有上千艘，万一蔡三金放弃孩子逃到海上的话，未来的抓捕难度将会急剧攀升。"

王局长点点头："我们要给蔡三金营造一个错觉，把注意力放在常规的搜捕上面，外松内紧，尽量缩小知情者范围。至于'向日葵'那边，基本不做改变，让蔡三金松懈下来，趁其露出马脚再进行抓捕。"

肖可为说："我们要重点监视蔡浩然和蔡浩杰。这次能发现蔡三金回村，还是多亏了'向日葵'的社工刘擎提供有效信息，她是那两个孩子的负责老师，我想，接下来的行动，她会是很好的帮手。"

陈副局长沉思片刻，说："嗯，肖可为，你和刘擎保持联系，正好她常驻陆远村，能帮上忙。明天，我跟你去'向日葵'，找那里的负责人聊聊。"

第二天一早，陈副局长便带着肖可为直奔"向日葵"全营分部的办公室。

苏映红看到二人的到来，热情地招呼道："陈副局长，肖警官，快进来坐！"

陈副局长坐下来和苏映红寒暄了几句，便快速进入主题："孩子是父母的心头肉，毒贩也是人，能让他们牵肠挂肚的只有家人，在这方面，'向日葵'可以做很多工作……"

苏映红点点头，往陈副局长面前的一次性纸杯里添了半杯茶。

陈副局长继续说道："苏主任，现在蔡三金已经被惊动了，我们担心他会立即逃走，所以表面上不会有什么大行动。'向日葵'作为帮扶涉毒家庭的机构，与蔡三金的两个儿子的接触肯定不会少。请苏主任全力支持我们缉毒大队的抓捕工作，在跟孩子们相处的时候，多多留意异常之处，若有关于蔡三金的线索，请务必第一时间通知我们。"

肖可为在一旁补充："其实也不需要额外做很多工作，要是搞得太特殊反而容易露馅。孩子毕竟只是孩子，不用给他们施加太多心理压力。"

"是的，不需要特别关注，一切要不动声色地进行。"陈副局长抿了一口茶，说，"只要我们掌握足够的信息，就能制定抓捕方案。这次抓捕蔡三金一事，省、市领导都十分重视，这也是我们潮东县缉毒大队压倒一切的重大任务，一切困难都要克服。"

"陈副局长，你的意思我明白了。"苏映红神情严肃地说道，"警民是一家，'向日葵工程'本身就和缉毒工作紧密相连，积极配合缉毒行动，是我们的责任所在。请放心，如果孩子们有异常表现，或是发现了蔡三金的动向，我们一定会马上通知警方。"

"谢谢，你们的理解和支持是我们战胜一切困难的源泉。"陈副局长站起身，重重握了握苏映红的手。

医院里，马海醒了。

肖可为的那一枪只是让他昏迷，但并不致命。

马海一向安分守己，因一念之差，选择跟了马兰花。他行动迅速，办事果断，这让马兰花非常欣赏他，一些她不愿出面的事，都会派马海去办——比如昨晚跟蔡三金见面。

马海看着站在病床前的警察，大部分他都认识，只有两个陌生面孔，他猜是新来的缉毒警。

陈副局长像老朋友一样问候他："马海，醒啦。"

"陈副局长……又见面了，你还活着，呵呵！"

"我活着，你也活着。来，认识一下，这是我们缉毒大队新来的同志，昨晚就是他抓了你。"

马海看向肖可为，苦笑一下："这么年轻？我还以为是个老警察呢，身手不错啊。"

"马海，你今年三十一了吧？"陈副局长掐着指头算，"昨天是你生日啊，不好好庆祝生日，去找蔡三金，他送什么礼物给你了？"

"谁说我是找三哥？三哥人还在外面，我怎么找？"马海面不改色地撒起谎来。

陈副局长沉下脸来："别嘴硬了。蔡三金回没回来，你清楚，我们也清楚。我们打了这么多年的交道，不必遮遮掩掩。"

马海忍痛挤出一个笑容："对啦！我从外面回来，第一时间就是想找个熟人叙叙旧，找谁呢？没被抓的熟人，就是你们了……哈哈！"

陈副局长看着马海，平静地说："你冒着风险回来，又在蔡三金的藏身地出现，你又不是他的人，那就只能说明，你是受别人的委派去见他。这个世界上能委派你的人，除开马兰花就没别人了。在肖警官到场后，你自恃有枪就能掩护蔡三金逃走，可你没料到肖警官枪法了得，逮捕了你。"

马海咬紧牙关："你们是抓不到三哥和兰姐的。"

"你好好养伤，等我们的好消息。"陈副局长拿起手机给宣传科的负责人发去一段语音，"可以进来拍了。"

在马海诧异的目光中，公安局宣传科的人扛着摄像机进来拍摄。马海瞪大了眼睛，问："干什么？你们这是干什么？"

"抓捕马海的新闻，今天晚上就要在县、市电视台播出了，我会让大家知道，你，马海，被捕了。"陈副局长呵呵一笑。

"你就不怕惊动别人？"

"别人，是指蔡三金和马兰花吧？你去和蔡三金见面，直到现在都没给马兰花汇报进度，那她肯定知道你这边出事了。我们越藏着掖着，他们心里越没底，不如大张旗鼓地宣传一番，让他们陷入混乱中，敌人一旦乱了阵脚，我们就有机会出击了。"

"……你！"马海气得说不出话来。

陈副局长朝宣传科的人点点头，然后带着肖可为离开。

所有事情必须都争分夺秒地完成，两人离开医院便赶回局里开会，要进一步部署抓捕蔡三金的计划。

全营镇派出所的民警也参加了这次会议，陈副局长向他们下发了任务：所有民警以陆远村为中心，在周边村落穿着便装巡查；缉毒大队的成员前往马兰花的老家双沟寮村全力搜捕。

"我们要把马兰花这个'灶'烧得旺旺的，蔡三金那边则冷处理，让现在处于惊弓之鸟状态的蔡三金静下来，还要让他趁着警方搜捕马兰花时，心生投机心理，敢于在这个时候冒头行动……"陈副局长说。

今天的陆远村并不安静。

蔡浩然和蔡浩杰去上学了，林淑慧在村里走着，胳膊上挎着一个篮子。

在村委会门口跟几个老头聊天的蔡水根看到了她，立刻把头扭向另一边。

林淑慧主动跟他们打了招呼，有个老头用开玩笑的语气问她："嫂子，三金有消息没？"

林淑慧呵呵一笑，说："不知道啊！"

"你这是去干什么？"另一个老头好奇地问。

"去荔枝林看看。"

"嫂子，听说村主任给你们家弄了个贫困帮扶的名额，每个月都有补助耶。"

"是啊，多亏了建林呢，要不是他，我们都不知道怎么活哟。"

"啧啧！三金卷了几个亿跑了，在外面吃香的喝辣的，你们在村里还能捞补助，里外里都是你们家的，呵呵……"

林淑慧笑着说："要不我们两家换换？"

老头顿时语塞。

林淑慧屁股后面跟着"闪电"，几日不见，"闪电"长大了许多。路过还有认识的人跟林淑慧打招呼，林淑慧却好像没看见一样，直直往前走。

老头们仍在说着闲话——

"这老太太以前在村里多威风，过个生日，蔡三金还请六十六个人给她唱戏，结果唱大了吧，嘁！"

"哼，看她家连只狗都养得肥肥胖胖的，一看就不缺钱，还领补助，老天爷何时开开眼哟！"

"你说，该不会是三金偷偷溜回来，给她钱花了吧？"

"怎么给，大把警察盯着呢。我猜啊，就是当时没收赃款的时候，还有藏起来的，没收干净！"

…………

停靠在陆远港的"大飞"变多了。

蔡三金在远处用望远镜看着。他知道，陆远港已经被封锁了。

他换了一身装扮，悄然离开。

这次的他用隐形胶带改变了眼型，戴了一副时尚的彩色遮阳镜，发型也换成了波浪卷，俨然一副外地游客的样子。

他悠闲地逛到了海鲜交易市场。

从外面回来的渔船都会在这里卸货。镇上以及县里的饭店采购员都在这里翘首等待，只要渔船一靠岸，就立即拥上去，急着买到最新鲜的海货。

这里人潮汹涌，但自信的蔡三金完全不怕被人认出来。

他在人群中穿梭着，表面上是好奇当地的特色，实则偷偷听着当地人的聊天内容。

几个渔民围在一块石礅前，抽烟聊天——

"这两天应该有什么事，海警们是逢船必搜查啊。"

"要么查贩毒，要么查走私，没什么新鲜的。"

"我们是正经捕鱼的，不用怕。"

"我听说深市那边有人走私猪脚，一艘'大飞'一次能装好几吨猪脚，被海警查到了也会放你走……"

"为什么？"

"谁不爱吃猪脚饭啊，公爷们也要吃啊！"

"哈哈，谁传的，也太离谱了……"

"搞猪脚没事，要是搞毒，公爷们一定下狠手治你！"

"那肯定了，那什么蔡三金，听说搞了十几亿，往上疏通了好多保护伞，结果还不是被打掉，贪官们有一个抓一个……"

"所以说他笨嘛，居然搞毒，看似挣了不少钱，结果老婆被打死了，自己一个人在外面像过街老鼠一样东躲西藏，留下孩子和老母在家，造孽！"

蔡三金在一旁听了一会儿，默默离开了。

他又换了一身装扮，买了一辆二手车开到镇上，绕了一个大圈再开往陆远村。

镇上的游客稀少，如果还是游客装扮，反倒会引人注意。

这次，他扮成了一个做防水工程的小老板，脸上粘着络腮胡子，开着老旧的小汽车在街上行驶，车身上贴着蓝底白字的"屋顶漏水，专业修补"。

"水藏于海"——蔡三金在心里默念这四个字。

他以前在家看电视剧，只爱看谍战剧。他认为许多谍战剧都是胡闹，因为俊男靓女绝不能做间谍，只有长相最普通、泯然于众人的人才能做间谍。有一次，他还跟叶佩华开玩笑说，他要投资拍一部谍战剧，专门找路人演重要角色，普通角色则找大明星演，形成反差感……

叶佩华笑他："既然你这么聪明，那为什么别人大大方方拍电影，你要瞻前顾后地做'猪肉'呢？"

那时候的他正如日中天，几乎所有人都惧怕他，老婆是少有的敢呛他的人。

可惜如今，老婆已经埋进了土里……

如果，自己当初也老老实实地做渔民，日子会不会更有滋有味？

但是，一切都回不去了……

蔡三金把车开到家附近的时候，发现外面的电线杆上装了一个小型监控摄像头，正对着他们家的大门。如果有人进出，监控摄像头一定会拍到。

家里的大门紧闭，没有动静，附近也没有人。

不过，在他继续观察了几分钟后，一辆车朝他家的方向开来了。

他直觉那是警方的巡查车，遂慢慢掉转方向离开。

数日前，他已经跟母亲林淑慧讨论过出走计划。他在渔排区各种寻找出海信息，每天都在盘算着什么时候、在什么地方出海最合适。

他要带所有家人离开，但每次一说起，林淑慧就只是摇头，说她老了，最大的心愿是两个孙子健康长大，她一个人留在陆远没关系，反正老公和儿媳也都葬在陆远。

她还跟蔡三金商量了，到时候就先让两个孙子去他们的姨妈家，姨妈家离全营镇远，还是在山上，政府对那边的管理会比较宽松。而且，姨妈家没有邻居，蔡三金从那里带走孩子会容易很多……

不过，蔡三金更喜欢速战速决。他已经找到了一条出海通道，这条通道上的人不知道他的真实身份，但已经收了他的定金，届时会帮助他出海。

蔡三金要去荔枝林见林淑慧。

路过自家的果园时，他没有停留，继续往前开了一段路，拐弯，把车停在一个凹口处藏好，然后，他才下了车，深一脚浅一脚地走向自家的果园。

前面有狗叫声。

他知道，这是儿子的狗，叫"闪电"，顿时，他的脸上不由自主地漾起了笑容。

"闪电"汪汪地叫，蔡三金激动地加快了前进的脚步，但当他走到"闪电"身边时，整个人都愣住了。

林淑慧在一棵荔枝树上，上吊自杀了！

蔡三金全身脱力，跪倒在地。今天是两人商量离开的日子，没想到，母亲居然用这种方式跟他见面。

他猜，母亲是怕拖累了他，所以主动结束了自己的生命。

他想大声哭喊，他想现在就跑出去束手就擒，只要警察答应他一个条件：给母亲办一场风风光光的葬礼……

片刻之后，他强迫自己站起来，扫了扫地面，安静地离开。

"闪电"站在林淑慧的脚下，呜咽叫着。

蔡三金知道，放学后，儿子肯定会去找"闪电"，等儿子找到时……他无法想象，对方看到这一幕后，会难过成什么样。

但无论如何，他都不能把母亲放下来，只能保留现场，隐去自己来过的痕迹。

上车后，蔡三金泪水喷涌，无尽的悔恨与悲愤在胸口奔腾，使他握着方向盘的手都在颤抖。

他已经没法回头了。

他不能让母亲白死。

他一定要把两个孩子带走，让他们过上好日子，告慰母亲的在天之灵！

傍晚时分，天空阴沉沉的，似乎要下雨。

蔡浩然领着一群小跟班，闹哄哄地从学校走出来。

"带你们看看'闪电'，它现在可厉害了，能抓老鼠，昨天一下子抓了三只大老鼠，比猫都厉害！"蔡浩然兴高采烈地对小跟班们说。

"好耶好耶！"孩子们在欢呼。

刘擎站在村委会门口，想叫住蔡浩然，这时，"闪电"一边吠叫，一边朝着蔡浩然飞奔而来。

蔡浩然激动地叫道："我的'闪电'来啦！"

然而，"闪电"没有像平时那样转着圈找蔡浩然玩，而是一口咬住他的裤腿，朝着一个方向使劲拽。

"然哥，'闪电'好像想让你跟他去一个地方！"其中一个小孩说。

蔡浩然困惑地扯着裤子："是吗，'闪电'？哎哟，别拽啦，我裤子要掉啦……"

"闪电"松开口，冲蔡浩然叫了几声，就向前蹿出去。蔡浩然随之追了上去，其他小孩也跟在后面，场面十分热闹。

"算了，就让他们玩一会儿吧，最近的表现还不错。"刘擎无奈地看着孩子们的背影笑笑，然后走进村委会，辅导到场的学生做作业。

大约一小时后，外面传来一阵骚动。

房间里的学生都被吸引住了，站起来往窗外看。

刘擎让他们坐好，自己出去看看发生了什么事，结果刚走到门口，就看见蔡建林慌慌张张地往外跑。

"蔡主任，怎么了？"

蔡建林声音颤抖："蔡三金的妈，蔡浩然的奶奶，在荔枝林上吊了……"

"啊?！前些日子我才见过她，她说话的态度挺乐观的啊！"

刘擎也慌了。

"是啊，不知道怎么回事，孩子们都吓哭了，老田、胜利、桂英嫂几个人也吓得不行，都给我打电话，微信上还给我发现场的照片……哎呀，不说了，我得赶紧过去！"

蔡建林骑上自己的电动三轮车走了。

刘擎站在原地，愣怔了几秒，然后慌忙给苏映红打电话说明情况。苏映红让她专心辅导作业，不要吓到孩子们，等结束了再去蔡浩然家，她那边会先过去。

晚上七点半，等孩子们都走光了，刘擎立刻赶去蔡浩然家。

门边挂着白布条，治丧委员会的老人们站在门外，和其他村民激烈地讨论着，谁负责搭棚，谁负责购买丧葬用品，谁负责找墓地……虽然蔡三金在的时候横行霸道得罪了很多村民，但这个时候，无论多大的恩怨都散了，每个人都只想帮忙送送林淑慧这位可怜的老人家。

刘擎有种看到自己奶奶去世的悲痛感，她哽咽着走进去，看到林淑慧躺在凉席上，已经穿好了寿衣——后来听村民说，那套寿衣就在堂屋里放着，林淑慧早就准备好结束生命了……

蔡浩杰一直"呜呜"地哭，苏映红红着眼搂住他，蔡浩然则跪在林淑慧身边使劲抽泣。刘擎不知道应该说什么，她恭敬地给林淑慧磕了头，然后轻抚蔡浩然颤抖的后背。

晚上十点多的时候，穿着便装的肖可为和陈副局长也来了，后面还跟着一些便衣民警。

"警方会不会认为接下来的葬礼是抓捕蔡三金的好时机呢？唉，只希望到时候别惊扰到蔡奶奶，她已经够苦了。"刘擎心想。

刘擎心里闷闷的，她和王新会一起上了楼顶，俯瞰陆远村。

"如果这个世界上有后悔药的话，蔡三金肯定会吃。"王新会说。

"我老家那条村的面积其实跟陆远村差不多大，但比陆远村穷。不过，我家那边的人都挺乐观的，自觉幸福程度比陆远村要高。"刘擎叹了口气。

"所以说啊，有钱不一定就幸福，尤其是挣这种黑心钱的，更不会幸福。"王新会感慨着。

"那两兄弟将来会去哪儿呢？没了监护人，政府会不会把他们送给其他地方的孤儿院收留？小小年纪就遭遇这么多变故，不知道以后的性格和三观会变成什么样……"

想到这里，刘擎感到一阵揪心。

天空飘起了淅淅沥沥的雨点。两人在附近的快餐店吃完晚饭，打包了一些吃的给苏映红。

苏映红仍在屋里陪着那两兄弟，刘擎和王新会想让苏映红回去休息，由她们轮班照顾两兄弟，但苏映红让她们回去，她要继续留在这里。

"新会，现在机构的人手不够，你回去替我好好看着。"苏映红拧紧了眉心，"刘擎，下午来得匆忙，我没来得及告诉你丽娜的事……"

"丽娜怎么了！她不是已经好起来了吗？"回想起初见刘丽娜时的状态，刘擎瞬间紧张起来。

苏映红叹息道："原本是好起来了，可最近，有同学传她姐姐美娜在陆皖从事性工作，还吸毒，越传越难听的谣言令她的情绪再一次崩溃了。"

"可是，谣言毕竟只是谣言，丽娜不可能信吧？"刘擎忙说。

"因为家庭的变故，美娜早早地辍学去外地打工了，丽娜无从得知姐姐的真实工作，当一个谣言被不断提及时，当事人的内心即使再坚定也会动摇……我想，最好的解决办法就是直接带丽娜去找美娜，让她亲眼看到姐姐是在从事正当职业，顺便让两人聚在一起聊聊天，这样就好解开丽娜的心结了。"苏映红压低了声音，回头看了一眼屋里，"原本我答应了这两天就陪丽娜去陆皖，没想到发生了今天这种事……刘擎，你替我去陪丽娜吧，车费，机构会给你报销，等你回来后，我会跟你一起去丽娜的学校反映情况。"

"必须跟学校反映！"王新会气愤地说，"还没成年就这么口无遮拦，等成年了还得了？丽娜就是太善良了，被同学欺负了这么久都默默忍着！"

刘擎也感到愤愤不平："是啊！犯错的是她的父母，她和她姐姐都没错，凭什么一直欺负她？苏主任，我回去就看车票，然后联系丽娜定下出发时间，那么好的孩子，不应该受这种罪！"

接着，三人又讨论了一些机构相关的事务，讨论结束后，刘擎走进屋里，对蔡浩然说："浩然，这几天的事情比较多，我帮你把'闪电'带去'向日葵'，让王老师照顾几天，等这边的事情忙完了，再把'闪电'送回来，好不好？"

蔡浩然点点头，没有吭声。

刘擎轻轻摸了摸蔡浩然的脑袋，然后走向院子，找到正趴在地上的"闪电"。原本刚要走近，"闪电"就"汪汪汪"地叫，但听到刘擎温柔地解释要带走它的原因后，它就静静站着摇尾巴了。

刘擎骑着摩托车，王新会在后面抱着"闪电"。

"闪电"长大了，好在它比较听话，乖乖地给王新会抱着。

夜已经深了，到了宿舍，她们便各回各屋，洗漱上床。

然而，即使身体十分疲惫，刘擎还是翻来覆去地睡不着。她一直惦记着蔡三金的两个孩子，想找王新会聊聊，又怕打扰人家休息。

她点开手机看了看，发现赵瑞虹刚发了一条朋友圈——那就是还没睡！她立马坐起身给赵瑞虹打电话，想听听对方有什么看法。

听完刘擎的一番诉苦，赵瑞虹耐心地开导她，说政府肯定会给蔡浩然和蔡浩杰安排新的监护人，如果他们要去别的地方生活，当地的社工组织也会出面照顾两个孩子，不会让他们孤苦伶仃。

"谢谢你，瑞虹，听了你的话，我现在舒服一些了。我刚刚焦虑得睡不着，本以为学心理学的我能很好地应对突发事件，然而，唉……"刘擎揉了揉眼睛，心想是不是跟孩子接触多了，自己也变得孩子气了。

赵瑞虹笑了起来："还记得刚到'向日葵'的时候，你，我，新会，我们三个人中，胆子最大的就是你，做什么事总是冲在前头……现在怎么像个小孩一样胆小怕事啦？打起精神来，已经发生的事情无法挽回，向前看才是最重要的。"

"嗯嗯！对了，你在总部的工作怎么样？我刚刚看你发了一条朋友圈，那边很忙啊。"

"呵呵，就是前两天这边组织了一个活动，我作为对接人……"

两个女生在热烈的交谈中陷入了困意，最后不知是谁先挂了电话，刘擎听着连绵的雨声，沉沉睡去。

此时，蔡三金穿着一件长款雨衣，全身湿漉漉地走进一个垃圾填埋场。

这里是垃圾的海洋，臭气熏天，周边几公里内都没有人居住。

蔡三金钻进一个临时搭建的棚屋中，呼呼喘气，手里的刀泛着血光。

为了方便跑路，他在陆远港东二十公里的一个码头边上备好了一艘"大飞"，但今天去检查的时候，有两个人正鬼鬼祟祟地拿着工具站在上面，他走近一看，是偷油贼！

我蔡三金的东西是你能碰的？

他愤怒地走到两人身后，迅速掏出刀子将两人割喉、推倒，扔到"大飞"的隐蔽处，然后驾着"大飞"到达渔排附近，将两人的尸体抛进水里。

预计几天后，他们的尸体会被渔排上的人发现，继而报警。届时，警方的注意力会被转移一部分……

马兰花打来了电话，要跟蔡三金谈生意。

蔡三金在心里嘲笑：这个蠢女人，何德何能与自己齐名？毒圈里的"男蔡女马"曾经名噪一时，他原以为马兰花是个很有格局的女人，可这个时候了，她居然还在考虑东山再起，太可笑了。

识时务者为俊杰。蔡三金潜逃回来是为了家人，而马兰花却是为了赚钱——她赚的钱已经足够她花两辈子了，还不知足，跟这样的人来往，简直侮辱智商。

扫毒行动后，潮东县的毒品产业链遭到了毁灭性的打击，海外冰毒的价格翻了十倍，马兰花知道后非常眼红，所以想再把"事业"做起来。

蔡三金装作很感兴趣的样子，假意跟对方合作，其实是希望她把事情闹大，把警方的注意力全都吸引过去。他表示愿意无偿提供自己的制毒配方，以及价值连城的销售网络。马兰花欣喜若狂，承诺会为他提供一切可提供的资源，但他只是表面听听，实则只信任自己。

这次马兰花冒着风险联系他，是因为他以前的一个澳洲客户需要一批新的冰毒，数量高达五百公斤，许诺的支付金额是十亿。

但这个客户只信任蔡三金，马兰花需要蔡三金在中间说和。

蔡三金装出为难的语气："现在外面风声紧，但既然你已经决定要做，我就跟格拉斯说说。格拉斯在澳洲毒圈是绝对的老大，你家人也在澳洲，小心别激怒了他……"

"我都清楚！"马兰花信心十足，"正因为我将来也在澳洲生活，所以才更需要结交格拉斯这样的地下王者，有了他，以后在澳洲谁还敢惹我马兰花？"

"行吧，等下我就联系格拉斯。"

挂了电话，蔡三金阴恻恻地笑着：快行动起来吧，将潮东搅得天翻地覆吧……

刘擎和刘丽娜坐上了开往陆皖的大巴车。

"这次新会也很想跟着来，但现在机构缺人，她必须留在那里看着。等回去了，我们三个一起吃饭呀。"

"嗯嗯！"刘丽娜点了点头，"蔡奶奶走了，蔡三金下落不明，真担心浩然和浩杰……"

刘擎叹了叹气："唉，我也挺担心的，尤其是蔡浩然，平时总是没心没肺的话痨样，蔡奶奶走的那天，他一直守在尸体旁，一言不发。"

　　刘丽娜看向窗外匆匆闪过的风景："我想起有一次，蔡浩然跟陈森吵架，原本两人是在笑着对骂，但当陈森说了一句'不骂了，万一你妈晚上到我梦里找我算账怎么办'之后，蔡浩然就哭了。他只是表面坚强，内心脆弱得很……"

　　两人一路聊着"向日葵"的事，不知不觉中，大巴车已经开到了陆皖。她们拿好背包下了车，转乘出租车去往刘美娜工作的地点，位于市中心街区的"嗨唱派对KTV"。

　　这家KTV从外观来看就是正经经营的门店，黑色的砖墙搭配华丽的招牌，前台的装修十分雅致，看起来是走高端消费路线的。

　　刘丽娜心情忐忑地拿出手机给刘美娜打电话："喂……姐姐，我到了，就在门口。"

　　电话那头传来嘈杂的背景音："欸，丽娜啊，我这边还没忙完，你先在一楼大堂坐着等我吧，那里有饮料喝，有零食吃。"

　　"好的，你先忙。"刘丽娜放下手机，对刘擎说，"擎姐，我姐还在忙工作，让我们先在一楼坐着等她。"

　　"行，走吧，我正好想蹭杯水喝。"刘擎爽快地走进去。

　　半小时后，刘美娜过来了，她穿着一身宝蓝色的套装裙，笑着跟两人打招呼。

　　刘丽娜已经很久没有见过姐姐了，这让她有些恍惚——以前的姐姐有这么成熟吗？

　　"愣着干什么？走，我已经跟经理打好招呼了，单独开一个包厢，跟你开心一个下午。"说完，刘美娜又看了一眼刘擎，"刘老师好，丽娜经常跟我提起你呢。"

刘擎笑笑："丽娜性格好，'向日葵'的人都很喜欢她。"

刘美娜领着两人往里走："从小我们两个人的性格就天差地别的，我闹她静，不知道我不在的日子里，她有没有被欺负。"

刘丽娜愣了一下，低头继续走着。

到了包厢，刘美娜先去找同事点单。考虑到妹妹坐了一上午的车，她点的都是大份的小吃和饮料，又去隔壁的卤味店买了两大袋熟食回来。

"姐，你买太多了，吃不完的……"刘丽娜心疼地看着一大桌的食物。

"吃呗，哪有姐姐让妹妹饿肚子的？而且你们才在陆皖待半天，今晚又要坐车走了。"刘美娜把冒着热气的拌面推到刘丽娜和刘擎的面前，"刘老师，你要喝酒吗？"

"不用不用，喝饮料就好。"刘擎拧开一瓶橙汁喝了几口，说出这次过来的缘由。

刘美娜听完，气得直拍桌子："一个小小的学校，居然有那么多爱说闲话的蛀虫！"

刘丽娜小心地放下筷子："姐姐，你现在是做什么的？同学们传得有鼻子有眼的……"

刘美娜把工牌往桌上一甩："我一不卖身，二不吸毒，我是卖酒的！"

刘丽娜拿起工牌和刘擎一起看，上面确实印着刘美娜的名字，职位是酒水推销员，还有清晰的工号。

"对不起，姐姐，我应该坚持信任你的……"刘丽娜羞愧地把工牌放回去。

"我们被毒品害得家破人亡，我怎么可能还去碰那个晦气的东西！至于卖身，就更不可能了，虽然我一个人在陆皖漂泊的时候，穷到一天只吃得起一顿饭，但我也坚守了底线，不做违法犯罪、违背道德的事。"刘美娜气哼哼地从腰包里掏出一盒烟，打开，递到刘擎面前，"抽吗？薄荷味的。"

刘擎连忙摆手。

刘美娜正要拿打火机点烟，就听妹妹怯怯地说："姐姐，你以后能不能别抽烟了，对身体不好。"

刘美娜迟疑了一下，把烟放回去："你别管那么多，好好学习就对了。我已经混成这样了，你将来混得怎么样，就要看你的造化了。"

三人从学校聊到了"向日葵"，这时，刘美娜好奇地问刘擎："刘老师，你平时在机构里，是要给孩子们上课吗？"

刘擎笑着解释："严格意义上来说，我们并不是老师，但对孩子们来说，我们的存在跟学校里的老师是一样的。学校的老师教给他们文化知识，我们则侧重于心理健康的辅导，毕竟涉毒家庭的孩子多多少少都会受到一些影响。"

"我也是涉毒家庭的孩子，我怎么没感觉我受到影响了？"

"这个，因人而异咯。从刚才的谈话来看，你很理性，知道自己想要什么，不想要什么，目标清晰，能够抵挡住眼前的诱惑。"

"当然啦！"被刘擎一夸，刘美娜得意起来，"我的计划就是再奋斗几年，然后开店做生意，卖什么还没想好，不过，要是店里生意好，赚的钱多，就把丽娜也接过来享受，哈哈！"

刘丽娜笑着打断她："姐姐，你想得太长远了，以后换我赚到钱接你回潮东享福也说不定。"

刘美娜摇摇头："潮东太落后了，经济体量远远赶不上陆皖，等你以后毕业了，也来陆皖找工作吧，我支持你，其实，我一直在给我们攒钱呢。"

"姐姐……"刘丽娜感动地握住姐姐的手。

"刘老师，虽然我高中没上完就出来闯社会了，但我一直有看书的习惯，我分得清是非黑白，知道什么是好，什么是不好。"刘美娜笑着看向刘擎，"感谢你替我照顾娜娜，娜娜比以前开朗了，我特别高兴。至于我这边，你们大可放心。有人看不起我的低学历，有人嫌我'拜金'……说我什么，我都无所谓，因为我知道自己几斤几两，知道怎么发挥自己的长处，在自己的能力和认知范围内脚踏实地。社会这个大染缸教我做人，比哪个老师教的都强。"

刘擎很是佩服眼前这个年轻的女孩——她的眼神中闪烁着不屈与坚韧，即使身处逆境，也依然能够绽放出属于自己的光芒。

下午，刘美娜带刘丽娜和刘擎去逛陆皖的知名景点，动物园、观音山、世纪公园……其间，刘擎给美娜和丽娜两姐妹拍了不少合照留念，场面十分温馨。

三人一直玩到了天黑，刘美娜又带她们去一家在当地很有名的饭店吃饭。

菜上好了，刘美娜把一只烧鹅腿夹到刘丽娜的碗里，叮嘱道："学费的事不用担心，姐姐即使不在你身边也会照顾你。同学们爱说闲话就让他们说，等你以后考上好大学，找到好工作，那些渣滓连羡慕都来不及。"

刘擎也扭头对刘丽娜说："你姐姐年纪轻轻就敢一个人到陆皖闯荡，这是非常勇敢的行为，我都做不到。以后不管别人怎么说姐姐，我们都要有自己的想法。"

"嗯！我要相信姐姐，还要学会坚强起来，姐姐在陆皖那么辛苦，都熬过来了，我也要像她一样自信！勇敢！"

…………

晚上十点半，回程的时间到了，刘美娜买了一大袋陆皖特产给她们拿着，然后送她们到汽车站。

"到家了给我发消息啊！回去就不能哭鼻子了哦！"

"谢谢姐姐！等下次放假，我就来看你！"

看着姐姐挥手告别的身影，刘丽娜泪流满面。

坐了一晚上的车，好不容易回到宿舍，刘擎累得仿佛下一秒就要睡着。突然，她的手机振动了几下，是工作群来了消息。

苏映红往群里转发了"潮东县缉毒大队"公众号发布的一篇文章，标题是《通缉犯林永清在女儿的劝说下终自首》。

文章里说，林永清是蔡三金的手下之一，也是全西镇的头号制毒者。林永清逃亡期间，因思念女儿林欣冉，多次给林欣冉打电话，对方每次都极力劝说父亲回来自首。林永清犹豫过，挣扎过，最终还是选择了听从女儿的劝告，打电话联系缉毒大队，回国自首……

郑轩荻说："林欣冉是全西镇'向日葵工程'的帮扶对象，如果蔡浩然也劝蔡三金回来自首，那我们全营镇的'向日葵'是不是也算立功了？"

张灵接着说："现在负责帮扶蔡浩然的是刘擎，刘擎，立功的机会来了啊！"

刘擎强撑着困意打字："拜托，是人家小女孩深明大义，不是全靠老师劝回来的。"

苏映红同意刘擎的观点："是的，我们只需要做好自己的本职工作，孩子们建立了正确的价值观，自然也会做出正确的选择。"

大家继续在群里讨论，刘擎看着看着，沉沉地睡着了。

第八章

生命的引路人

给林淑慧举行葬礼的日子到了。

吊唁的人一拨儿接一拨儿，陆远村几乎每家每户都派来了代表。

快到中午时，陈森、赵花戈、李小牧等几十名"向日葵"的帮扶对象也来了，他们排着整齐的队伍走进院子，朝着堂屋鞠躬，原本小声哭泣的蔡浩然和蔡浩杰，在见到熟悉的小伙伴后，哭得更大声了，眼泪大滴大滴地从脸上掉落。

陈森走到两兄弟面前，红着眼说："虽然奶奶走了，但还有我们，我陈森永远是你们的好朋友。"

赵花戈塞给两兄弟一包面巾纸："然哥、杰哥，不哭不哭，我跟爷爷说好了，你们随时都可以来我家的渔排玩，我们一起钓鱼。"

李小牧见别的小伙伴都在说安慰的话，他想来想去，一口气憋出好几句："蔡浩然，我等着你去'向日葵'跟我打羽毛球，你要是不会打，打乒乓球也行，玩我不擅长的跳棋也行……蔡浩杰，我家里有很多好看的漫画书，我把我收藏的书都给你看……"

这感人的一幕，深深刻在了刘擎的脑海里。那群孩子是大家口中常说的"问题儿童"，但今天的他们能够体会到同伴失去亲人的伤痛，说着暖心的话语安慰同伴，这代表着，他们的本性都是善良的，只是因为家庭的变故才畸生出不好的一面。如果说他们是一块块璞玉，那么"向日葵"的社工们就是雕刻师，剔除污浊，还原他们本来的面貌。

出殡了，蔡浩然和蔡浩杰颤抖着身躯跟在抬棺的大人后面，眼睛肿得像核桃。刘擎和同事们也纷纷流下了眼泪，心疼这两个从今往后无依无靠的孩子。

围观的村民小声说着："造孽啊，这么小的孩子没人管了……"

"蔡三金威风的时候，怎么没想到会有这一天啊！"

"所以说，做人必须走正道，不该挣的钱不能挣……"

"就算给我一个亿，让我妻离子散，我也不要！"

…………

另一边，已经疲惫不堪的警察们仍在强打精神监视着在场所有人的一举一动。附近加装了许多监控摄像头，画面随时回传到数据中心进行人脸识别，筛查可疑人员。

突然，系统发出警报，有个人跟系统登记的逃犯郭宝乘面容相似度高达 70%！

监控屏幕前的警察顿时兴奋起来——来鱼了。

郭宝乘是蔡三金的表弟，林淑慧的外甥。这也是家族式犯罪的特点，犯罪团伙往往以亲情为纽带，减少信任成本。潮东县的几个大型制毒贩毒团伙，核心成员基本上都是亲戚，外人很难进入那个圈子，能进的也是负责边边角角的工作。

郭宝乘负责海外的毒品销售，所以长期待在海外。他一身武艺，精通枪械，是蔡三金非常信任的人。

消息回传到陆远村现场，陈副局长要做决定了。

抓，那么警方的隐秘布控就公之于天下了，若蔡三金也在附近，必会打草惊蛇；

不抓，万一郭宝乘跑了怎么办？别搞到最后，蔡三金没抓住，郭宝乘也丢了，一口大网下去，一条"鱼"都没捞着。

最终，陈副局长做出决策：暂时不抓，但要在几个关键路口盯着郭宝乘，做好随时抓捕的准备。

乔装打扮过的警察们分散在各个位置，跟着抬棺的队伍前行。

肖可为扮成了装修工人单独行动。

他穿着一身二手的工装，特意往衣服上洒了油漆，脸上也抹了白灰，头上戴了个报纸糊的帽子，俨然一副在某户人家干活途中跑出来看热闹的样子。他跟着人群，站在郭宝乘的对面，中间有哭灵人隔着，即便他一直观察郭宝乘，也不容易被发现。

郭宝乘一直挤在人群中，在亲友们行三拜九叩大礼时，他的动作明显迟缓了，眼睛也红了。但警方依然不能出手，因为周围很多老幼妇孺，郭宝乘随时可以劫持一两个作为人质。

市特警总队的人已经前来支援，全营镇派出所全体民警均已出动，在重要路口设卡盘查。

从这些车辆驶进全营镇开始，一直有一个举着望远镜的人盯着这些车辆——那人便是蔡三金。

此刻，他正躲在距离陆远村十公里左右的甲鱼山的半山腰上。茂密的灌木丛中，他坐在涂成花绿色的望远镜后，自己也穿着一身迷彩服，和山上的环境融为一体。

蔡三金是个孝顺的人，然而如今，自己亲生母亲的葬礼，他却只能选择远远目送，无法亲自到场。他的目光穿过层层叠叠的灌木，凝望着山下那片被悲伤笼罩的村庄。他心如刀绞，想起母亲慈祥的笑容、温暖的双手，还有山珍海味都比不上的家常菜……现在，一切都只是回忆了。

他仿佛能听到山下奏起的哀乐，感受到到场亲友的悲痛，他多么想冲下山去，跪倒在母亲的灵柩前，放声大哭，但他不能，他是个逃犯，一个背负着罪孽和逃亡命运的人……

数十架大型警用无人机朝着全营镇的方向高速飞行，随时将拍摄到的画面回传到指挥部的大屏幕上。就在蔡三金继续专注于监视山下的动态时，一架无人机飞到了甲鱼山上空，他察觉到了异样的声响，立刻抬起头，看见一个黑点掠了过去。他毫不犹豫地丢下望远镜，直接背起背包快速下山。

架在地上的望远镜被发现了。

王局长立即让离甲鱼山最近的一支特警小队到山里搜索，靠着无人机的帮助，小队很快找到了蔡三金原来的藏身之处，现场架着一台望远镜，还有空的矿泉水瓶和几个烟头，其中一名特警拿起地上的烟头看了看，确定香烟的主人刚离开不久。

听完现场的汇报，王局长凝神沉思数秒，随后发出指令："全力抓捕蔡三金和郭宝乘！"

另一边，殡仪车开始朝着荔枝林的方向驶去，跟在后面的村民人越来越少，肖可为趁机快走两步，跟郭宝乘并行前进。

郭宝乘瞥了肖可为一眼，表面上没有任何反应，实际上身体已经有了防御动作，为避免对方在人群中爆发，肖可为笑着向他搭讪："你跟这家是亲戚吗？"

"是我干表姑。"郭宝乘撒了谎，上下打量着肖可为，"你是外省的？"

"是啊。"

"跑这么远来打工？"

"能赚到钱就行。"

"你要去荔枝林干粉刷？"

"看个热闹。"

"死人有什么好看的。"

"我北方的，想看看南方怎么埋人的。"

"怎么，你考虑埋在我们这边？"

"看看嘛，我这人好奇心重。"

"人的好奇心太重可不好，你看那边。"

肖可为本能地顺着郭宝乘手指的方向看去，没想到对方竟快速地钻进了荔枝林中，让他懊恼不已。

"报告，郭宝乘逃走了，逃向了荔枝林。"肖可为一边朝郭宝乘消失的方向追去，一边用对讲机向领导汇报。

陈副局长回复："荔枝林环境复杂，郭宝乘是危险分子，大家尽量把他往外逼，逼到空旷的大路上再实施抓捕。"

警察们分散着进入荔枝林，只靠身上佩戴的通信仪器保持联络，形成一张真人捕网。

"A组A组，是否发现嫌疑人？"

"报告，未发现嫌疑人！"

"B组B组，是否发现嫌疑人？"

"报告，未发现嫌疑人！"

"……"

陈副局长问了一圈下来，猛然想起了还有单独行动的肖可为，刚要与其联络，就听见树林中响起了"乒、乒、乒"的枪响。

出事了！

大家来不及细想，火速循着声音赶去。

刘擎颤抖着搂住蔡浩然坐在草地上，旁边躺着郭宝乘，肖可为站在对面，喘着粗气，其他人则呆滞地站在原地。

就在刚才——

肖可为一个人追着郭宝乘，对方疯狂地朝蔡三金家的墓地跑去，随着唢呐声越来越响，肖可为也越追越紧，当他看到影影绰绰的人影时，唢呐声竟戛然而止！

他心中生出不祥的预感，一秒不停地往前跑，等他终于跑到墓地前，就看见郭宝乘拿枪指着刘擎并站在她的身后，周围的人吓得大气都不敢出。

看到肖可为出现，刘擎呜咽着："肖可为，我……我……"

"别废话，再废话就开枪打死你！"郭宝乘面目狰狞地警告她。

"呜呜……"刘擎不停地啜泣。

"别！别开枪！"肖可为赶紧举起双手，做出投降的姿势，耐心地与对方交涉，"郭宝乘，你无非就是想劫持个人质，好跟我们谈条件，她只是一个社工，没什么分量，换我呗，我当着你的面把我身上所有的武器都放在地上，怎么样？"

"嘁！"郭宝乘一脸鄙夷，"你当我是三岁小孩呢？我脑子进水才会拿一个警察当人质，保不准你一过来就反手逮捕我了！从回到陆远的那一刻起，我就没想过活着走出去！开枪吧，看谁先打死谁，要是我先打死你最好，算是在姨妈的坟前替她报仇了！"

郭宝乘这么一说，大家都愣住了。

"报仇？我们所有人都跟你无冤无仇的啊。"王新会小声地说。

"要不是警察扫毒，会有那么多人倒霉？我嫂子被警察杀了，姨妈也被逼得自杀了，三哥至今流落在外，不能回来见自己亲妈最后一面……还有你们这些蠢货，就知道看戏，还帮着警察抓我们，你们所有人都该死！"郭宝乘愤怒地瞪着周围的人。

肖可为全身都处于高度紧张的状态，他强迫自己冷静下来，必须说点什么话，分散郭宝乘的注意力，才能继续下一步的行动。

说什么呢？

就在肖可为的大脑快速运转时，一个稚嫩的声音响起："放开我老师！"

蔡浩然从苏静的怀里挣脱出来，快步走到郭宝乘面前，叉着腰，活脱脱一个小混世魔王。

郭宝乘躲在刘擎后面，吼道："滚开，白仁仔！三哥为了你们两兄弟付出了那么多，你还敢在这里跟我叫板？白养你了！你妈的坟也在这里，她就是被警察打死的，我们旁边这个人也是警察，也算是你的杀母仇人，你就不想替你妈报仇吗？警察毁了你家，把你奶奶也逼死了，棺材刚刚入土——你这么做，有脸见奶奶吗！"

"不！"蔡浩然气哼哼地又向前走了一步，"立刻放了我老师！她对我可好了，你不能伤害她！"

苏静着急地朝蔡浩然招手，周围的村民也在劝说着，但蔡浩然完全听不进去，甚至有越来越往前的趋势。

"我不放！"郭宝乘握紧了手里的枪，"我是你表叔，还是来给你们家报仇的，×，你别分不清好坏！"

"我不用你报仇，我们没有仇要报！大坏蛋……"

蔡浩然说着，弯腰捡起脚边的土块朝郭宝乘扔去，郭宝乘下意识地伸手去挡，被肖可为找到了破绽，说时迟那时快，只听连续几声枪响过去，郭宝乘身上接连喷出鲜血，在他身前的刘擎尖叫着扑向蔡浩然，苏静颤抖着捂住蔡浩杰的眼睛……

周围的时间仿佛一下子静止了，没有人出声，直到陈副局长带着抓捕的队伍到达……

当天晚上，各大城市的电视台及电台都播报了这一重大消息：通缉犯郭宝乘在潮东县挟持人质，被警方当场击毙……

蔡三金正在一个谁也不知道的地方听着电台新闻，吃着泡面。

他的眼泪止不住地往下淌，吃下的每一口面都夹杂着心中的悔恨。

马兰花给他打来了电话："三哥，宝乘他……"

"我知道了。"

"你声音不太对，你怎么了？"

"吃泡面，太辣了。"

"辣？我记得你挺能吃辣的啊。"

蔡三金没有回答，挂断了电话。

他对自己说——活下去，无论如何都要活下去。

晚上，刘擎在宿舍里洗了好几遍澡，晚饭也没胃口吃，换上睡衣就倒在床上。可她一闭上眼就会想起荔枝林中那血腥恐怖的一幕。郭宝乘恶狠狠地威胁她、中枪后全身喷血的画面不断在她脑海里闪回。好不容易来了点睡意，噩梦再次袭来，如此反复着，她发起了高烧。

迷迷糊糊间，她记得苏映红、苏静、王新会三人轮流来看她，给她送药、送饭，说着暖心的话安慰她。中途还有刘宏发的问候电话，当然，她不会让家人知道自己经历了这么可怕的事，只说有点小感冒……

一星期后，刘擎终于好了。

她照常骑车去了陆远村的村委会，等待孩子们放学过来。

等孩子们都走进村委会后，她发现少了两个特别的孩子——蔡浩然和蔡浩杰。

刘擎去问蔡建林："蔡主任，蔡浩然和蔡浩杰都没来，你知道他们发生什么事了吗？"

蔡建林一脸疑惑："那两兄弟都被他们的姨妈接走了，连那狗也一起带过去了，你不知道啊？"

"什么时候的事啊？"

"就前几天，两兄弟的姨妈带着家里人来村委会跟我们谈话，表示愿意带两个孩子一起生活，这是好事啊，我们正愁孩子没有监护人呢。她家包了一座山，勤勤恳恳地做了很多年茶叶生意，当初蔡三金做'猪肉'赚得盆满钵满的时候，她家依旧坚持底线，从不犯错。既有经济实力，人品也靠得住，两兄弟有她带着，我们放心多了。"

刘擎怅然若失地回到房间里。

她其实有一肚子的话要跟蔡浩然说，想感谢他，如果不是他勇敢站出来打乱了郭宝乘的计划，自己恐怕就凶多吉少了；还想表扬他，表扬他有正确的是非观，明知道郭宝乘是他的表叔也没有偏向罪恶的一方，反而坚定地站在正义与道德的阵营中……

然而，这些话都没机会说了。

刘擎简单收拾好心情，开始辅导工作。房间里很安静，以前还会有忍不住聊天说笑的孩子，现在大家越来越乖了，她有些恍惚，看着空出来的座位，甚至觉得有点不习惯。

时间一分一秒地过去，孩子们陆续做完了作业。

"刘老师再见！"

"刘老师再见！"

"……"

随着一声声道别结束，刘擎把最后一个学生送走，然后关灯，关门，骑上车，拐向另一条路。

她去了蔡浩然家，此时那里大门紧闭，院里一片寂静，黑漆漆的，没有人气。

"再豪华的房子，只要没有人住，就会失去它的价值吧。"刘擎在心里感叹。

看了几眼后，她失落地骑出了巷子，一路骑回了宿舍。

回到宿舍，刘擎躺在床上，呆呆地看着天花板。

为什么要难过呢？那两兄弟在"向日葵"里是出了名的调皮捣蛋，他们走了，自己和同事也能轻松点，这是好事啊。

但她还是觉得心里堵着难受。

她想去找王新会聊聊，又想给赵瑞虹打电话，但想了想，还是改为坐在书桌前，拿起一本书闷头看。看着看着，她静下心来，在本子上记下了一句话——

"生活就像海洋，只有意志坚强的人，才能到达彼岸。"

日子终究还要继续，刘擎也逐渐恢复过来。最近，"向日葵"组织开展了劳动教育活动，这次活动是带孩子们去瓷器厂做瓷器。

全营镇有不少瓷器厂，在这个充满历史底蕴的小镇上，瓷器不仅仅是一种生活用品，更是承载着无数人民智慧与汗水的艺术品。开展这项活动的初衷就是让孩子们深入了解家乡的传统文化，感受古老技艺的魅力。

到了厂里，刘擎和张灵等人对着架子上摆放的成品啧啧称赞，王新会兴奋地举着相机拍摄报道素材，一旁的厂长笑眯眯地看着，时不时上前介绍几句制作的技巧和背后的故事。

参观完生产线后，厂长便让社工带着孩子们去已经收拾好的区域体验做瓷器。揉泥、拉坯、造型、装饰……每个孩子都发挥了自己独有的想象力，奇形怪状的坯体逗得在场的大人们哭笑不得。

等制作完成了，厂长就让社工们包装好，派车送到机构大楼。五天后，孩子们在活动中心欢天喜地地拆开自己亲手制作的瓷器，一个个乐不可支。这一刻，他们手里的物品已经不是简单的瓷器，而是熠熠生辉的宝贵记忆。

看到每个孩子的脸上都挂着灿烂的笑容，社工们的内心感到了极大的满足。周小钦和苏映红笑呵呵地聊天，说打算做个架子放在活动中心，给孩子们放瓷器，可没说几句，他便身体一歪，晕倒在地……

刘擎慌里慌张地跟着苏映红把周小钦送到医院，周小钦脸色苍白，过了大半天才醒来。

医生想给他做进一步的体检，但他摆摆手，从上衣口袋里掏出一张医疗诊断证明，"诊断信息"那一行清晰地印着四个字：肝癌晚期。

"老周，你好好跟医生聊聊吧，我跟刘擎出去给你买粥，买你爱吃的砂锅粥。"说完，苏映红就红着眼睛拉刘擎出去。

"苏主任，老周这……"刘擎欲言又止。

苏映红往前走着，声音哽咽："最近他瘦得厉害，脸色也越来越差，我早就怀疑他是得了什么病，可他每次都说没事。我说给他放假养养身体，他也不愿意，依然每天准时来'向日葵'……没想到，他竟然得了绝症……"

刘擎低着头，心里同样难受："那，他的家人知道吗？他该不会连家人也瞒着吧？"

苏映红缓缓开口："老周他……已经没有家人了。"

周小钦的老婆早些年病死了，留下他一个人带着两个儿子生活。大儿子十分长进，高分考上公安大学，做了缉毒警；小儿子学习能力差，没有上高中，到处打工补贴家里。原以为命运的打击会到此为止，然而世事难料，他的两个儿子都因毒品相继死去。

"全营镇制毒贩毒最猖狂的时候，他的小儿子也被拖下水，染上了毒瘾。有一天，大儿子通过跟踪弟弟，发现了一个隐秘的制毒工厂，现场爆发了枪战，两兄弟都被打死了……那个工厂是蔡三金的，老周即使哭瞎了眼也不能把蔡三金怎样。"

"蔡三金太可恶了！"刘擎转念一想，"我看平时老周对蔡浩然和蔡浩杰的态度都很正常，不带半点负面情绪，他真的是很好的人啊。"

"一开始，我并不同意他来'向日葵'，我怕他是想把仇恨发泄到那两个孩子身上，可见他一个人独来独往的实在可怜，就同意他入职了。我前期一直提醒张灵盯着他，生怕出事，随着日子一天天过去，我发现，是我小心眼了——他只是一个无依无靠的孤苦老人，每天支撑着他活下去的动力就只有在'向日葵'的工作了……"

说着说着，苏映红和刘擎都流下了眼泪。

由于周小钦拒绝接受治疗，他身上的癌细胞扩散得很快，机构的人轮流去劝他，他都坚持着自己的打算，毫不动摇。

在一次意识清醒的时候，他拿出一个信封，上面写着"周小钦，遗嘱（死后再拆）"，让苏映红收好。

一个月后，周小钦去世了。

沉重的悲痛萦绕在许多人的心中，社工们、县公安局的王局长、陈副局长、还有许多缉毒警都去了葬礼现场进行哀悼。

苏静和赵瑞虹也赶来了，两人静静地站在最后一排，想起曾经受过周小钦的照顾，眼泪止不住地滑落。

苏映红颤声宣读了周小钦的遗嘱。

周小钦在信中表示，自己唯一的房子交由苏映红出售，出售获得的房款全部赠予"向日葵工程"；大儿子送他的那辆摩托车，他希望火化后埋在儿子的坟墓里；丧葬事宜，一切从简，银行卡里有他的十一万积蓄，扣除丧葬费用后，剩下的，依然全部捐给公益组织……

刘擎难过得全身颤抖，自从开始陆远村的工作后，周小钦的摩托车一到下午就被自己占用，得到周小钦的允许，自己更是理直气壮地骑，没想到，这竟是周小钦死去的儿子送给他的珍贵礼物，也是对方思念儿子的寄托……

回到机构时，刘擎发现院子里停着一辆崭新的摩托车。

值班的社工王小宁看到刘擎回来了，走上前，递给她一把钥匙："你的，收下吧！"

刘擎感到莫名其妙："什么意思？"

王小宁指了指摩托车："那辆摩托车是给你的，这是钥匙。"

"啊？谁送的啊？"

"不知道，一个档口师傅送来的，然后苏主任打电话给我，让我检查验收之后交给你。"

刘擎疑惑地掏出手机打给苏映红："苏主任，那辆摩托车是怎么回事？"

苏映红声音沙哑地回复："是老周送给你的。他……还给你留了一封信，就放在摩托车的尾箱里。"

刘擎挂了电话，心情沉重地用钥匙打开了摩托车的尾箱，里面端端正正地放着一封信。她小心翼翼地打开来看——

尊敬的刘擎同志：

你好！

当你看到这封信时，我已经走了。

抱歉，我带走了你最喜欢的代步工具，这份新的礼物，请你一定要收下。

和你相处的时间不多，但你对待孩子们的热忱深深打动了我。你总是用心地倾听他们的声音，理解他们的需求，给予他们最真诚的关怀和支持。这群可怜的孩子因为你的到来，生活有了新的希望，有了阳光……

我老了，没什么文化，帮不了孩子什么，平时只能在机构里做做杂事。不过即使这样，我也很满足，我的儿子已经没了，看着别人家的孩子健康长大，这何尝不是另一种生命的延续呢？

刘擎同志，你是一名优秀的教育工作者。未来的路也请勇敢地走下去，我会为你祝福。

——周小钦

"老周，你在天堂一定会过得很好，很好……"读完信，刘擎看向天空，泪流满面。

时间如流水般逝去，转眼就要过春节了。在春节假期来临之前，苏静拿着两大袋食物来"向日葵"，找前同事们叙旧。

刘擎夹了一口菜到苏静的碗里："谢谢你啊，提前送来节日的慰问。"

苏静笑笑："本来就离得不远，要不是工作忙，我真想多找你们聚聚。"

王新会给两人倒饮料，调侃道："有多忙，比肖警官还忙吗？"

"对哦，你跟肖警官怎么样啦，打算结婚吗？"刘擎接着问道。

"我跟他……"苏静把碗里的粉夹起又放下，声音低沉，"我们已经分手了。"

"啊？分手？什么时候的事啊？"

"就是郭宝乘回村闹事后的第二天……"

"为什么呀？你们不是一直都好好的吗？没见你们吵过架啊！"

"嗯，我在电话里跟他提了分手。那天的血腥场面，我触目惊心，我怕了，我真的怕了，我无法想象，如果下一个浑身是血的人是他，我该如何面对？我希望他辞职，或者转去没那么危险的部门，但他坚决不同意，我们大吵了一架，然后，分手了……"

聚会的气氛瞬间沉重了下来。

刘擎在心里想着：发生这种事，能说苏静自私吗？当然不能。那样血腥的场面，对于任何人来说，都是难以承受的心理负担，更何况是作为伴侣的苏静。做出分手这个决定，最难过的肯定是她本人。

她刚想说点什么来安慰苏静，突然，手机振动了几下，拿出来一看，是苏映红在群里发了消息：

"十万火急！全营镇的肖警官在抓捕逃犯时受了重伤，目前正在医院抢救，急需输血，他是Rh阴性血型，这个血型十分稀有，恳请同样血型的人速到第一人民医院为我们的英雄献血，拜托了……"

肖警官？

看完消息的三人如五雷轰顶，苏静愣了半分钟才说话："会不会不是他……嗯？全营镇应该不止一个姓肖的警察吧……"

刘擎把杯子里的饮料一口喝完："不管是不是，我们先过去看看吧！"

"对啊，就算不是肖可为，也看看能不能帮上忙。"王新会麻利地拉着呆滞的苏静往外走，刘擎简单收拾了一下餐桌，也抓紧追了出去。

三人打了一辆出租车赶到第一人民医院。医院外停了许多辆警车，她们穿过密密匝匝的人群，好不容易找到了站在抢救室外的苏映红。

"苏静，你怎么来了……"苏映红声音沙哑。

"所以，躺在里面的，是肖可为吗？"苏静哽咽地说。

"是……"

苏静感到一阵天旋地转，刘擎和王新会把她搀扶到座椅上，安慰着："有希望的，听外面的人说，市里的专家也赶来了……"

苏静没再说话，只是低声啜泣，刘擎和王新会紧紧握住她的手。

一小时后，手术室的门被推开了，两名医生面色凝重地走出来，宣告了肖可为的死亡。

走廊上哭声一片，匆匆赶到的肖父和肖母在得知这一噩耗后，当场晕倒在地。在场的所有警察都脱下了警帽，低垂着头，向这位伟大的缉毒英雄致敬。

"日前，潮东县公安局缉毒大队破获一起特大毒品制造、贩卖案，抓获以马兰花为首的制贩毒团伙十七人，缴获毒品两百三十公斤、制毒原料七百八十六公斤，扣押涉毒船只四艘，以及枪支和子弹……

"在本次扫毒行动中，孝勇同志（化名）一马当先，身先士卒，以卓越的身手和高超的狙击本领牢牢占据制高点，一一解决了制毒贩毒团伙的警戒哨和暗哨，有力地保障了队友的安全和行动的顺利进行。该制毒团伙首领马兰花极其狡猾、凶残，她在制毒现场布置了大量炸药，好在孝勇同志及时发现，迅速向缉毒大队发出撤退指令，让数十名队员得以安全撤离，避免了不可估量的损失。

"令人痛惜的是，在与马兰花等犯罪分子的缠斗过程中，孝勇同志不幸身负重伤，他不顾个人安危，英勇奋战，用血肉之躯捍卫了正义，在他和缉毒大队队员们的共同努力下，该制贩毒团伙被一网打尽，而他因伤势过重，壮烈牺牲。

"孝勇同志的英勇事迹如同璀璨的星辰，永远照耀在缉毒战线上，激励着后来者不断前行。他用自己的行动诠释了忠诚与担当，守护了社会的安宁与和谐。虽然他已离去，但他永远活在我们的心中……"

刘擎关掉手机上的新闻，走进潮东县烈士陵园。

缉毒警牺牲后，为了避免被有心人恶意报复，不可以举办葬礼和追悼会，因此，其亲友只能在心里默默缅怀哀悼。

　　站在无字碑前，刘擎强忍着泪水，不想让昔日的好友看到自己难过的一面。但当她想起"向日葵"时，还是没忍住，低声哭了出来——如果不是热心肠的肖可为鼓励她、给她推荐工作机会，她现在还不知道在哪里迷惘度日。

　　此时艳阳高照，刘擎望着宁静的墓园，感慨万分。这里的每一寸土地都承载着生命的重量，仿佛随风诉说着一个个英勇无畏的伟大故事。

　　她在心里轻轻说道："肖可为，一路走好。"

　　潮东县烈士陵园，这里长眠着刘擎最敬爱的朋友，一位为了国家和人民的健康与安全，不惜付出生命的缉毒英雄……

第九章

未来，光芒万丈

春节快来了，机构给社工们提前一周放假。

刘擎睡了个懒觉，然后带着收拾好的行李，断断续续转了三趟车，终于到达哥哥刘龙在广溢市市区开的火锅店门前。

晚上六点，正是生意红火的时候，刘宏发见刘擎回来了，很是惊讶："春节假期还没开始，你就可以回来了？"

刘擎面带喜色："辛苦了那么久，机构给我们提前一周放假。"

"哈哈，好单位，好单位！"刘宏发擦了擦手，对店里的一个年轻服务员说，"小东啊，你看一下这边的客人，我有事出去一趟。"

"好咧！"小东应道。

刘宏发拉起刘擎的行李箱："走，带你去你哥租的大房子，就在对面那条街上。"

两人穿过马路，走进一栋住宅楼的电梯里。刘擎感叹道："我哥真会找房子，离自己家的店铺才几步的距离，棒！"

"要是他找的房子远，我还不乐意帮他干活呢！"电梯门开了，刘宏发带着刘擎继续往前走，然后开门，推门，"看，大吧，有时候一些货店里放不下，就能放这里了。"

刘擎惊喜地走进去，把背包往客厅的沙发上一扔，一坐："这也太宽敞了！原本我还觉得'向日葵'的宿舍已经够大了，现在一对比，还是这里好！"

"呵呵，但单位对你不差吧？看看我的宝贝女儿，脸还是圆圆的。"刘宏发久违地捏了捏刘擎的脸。

"那里的人确实对我挺好的，就是……唉……"刘擎不愿跟亲人诉苦，转移了话题，"对了爸，我跟你回火锅店帮忙吧，反正我放假了也没事干。"

"你今天坐一天车肯定累了，在屋里好好休息吧，要不要我现在去给你打包吃的？"

"不用，我午饭吃得晚，现在还不饿呢。"

"行，那我回店里忙了啊。"

刘宏发风风火火地出门了，刘擎懒洋洋地躺倒在沙发上，玩着手机，睡了过去。

晚上十点半，一个熟悉的声音在她耳边响起——

"刘擎！起来吃肉啦！"

"什么什么？"刘擎猛地睁开眼，发现是哥哥刘龙在喊她起床，她立马坐起来，拿靠枕扔向对方，"哥！喊那么大声，想吓死我啊！"

刘龙一把接住靠枕，笑嘻嘻地扔回沙发上："还不是怕你醒来发现我们把肉吃光了会生气。"

刘宏发站在饭桌前，把包装盒一个个打开："你们两兄妹一见面就爱斗嘴，快来坐下吃吧。"

刘擎揉揉眼睛，搬了一把椅子坐下："哇，都是我爱吃的！"

刘宏发把一个大碗推到刘擎面前："难得回来一趟，多吃点。"

刘龙用筷子指了指："这个、这个、还有这个，知道你爱吃牛肉火锅，带回来的都是我们店里肉质最好的。还有我特调的酱料，不公开出售的哦。"

"呜呜……我一定好好吃，不浪费！"刘擎拿起筷子大口大口地吃着，每一口都是幸福的味道。

三人聊了许多生活上的趣事，温暖随着火锅里热腾腾的蒸汽飘满整个房子。

刘龙捞起一勺牛肉放到刘擎碗里："全营这地方治安好吗？我看新闻，搞了好几次扫毒行动了吧，那边街上还有吸毒的人吗？你小心点，别被带坏咯……"

刘擎有些不服气："哥，虽然那边确实有'老鼠屎'，可你也不能认为所有'汤'都是坏的。现在那边没你想的那么差。"

"是啊，我看刘擎发的朋友圈，认识了不少新朋友呢。"刘宏发笑呵呵地说，"你哥当年学习不好，毕业后换了不少工作，还是你厉害，一毕业就找到了铁饭碗。"

刘擎拿筷子的手顿了顿，声音低了下来："不确定是不是铁饭碗，机构里的人来来往往，我也得做别的准备……"

刘宏发语重心长地说："如果你有更心仪的单位，想试试看，我也会支持你。不过年轻人切忌心浮气躁，能过上安稳日子，比什么都强。我觉得你现在的工作就很好，做的是积功德的事呢。"

刘龙打趣道："不用担心，我的火锅店长期缺人，你要是不想干了，随时可以过来做服务员，哈哈！"

刘宏发瞪了他一眼："你妹妹辛辛苦苦读那么多年书，可不是为了切菜端盘子的。"

"我这不是为了安慰妹妹嘛，让她知道受了委屈也不用憋着，家人就是她最强的后盾！"

"知道了知道了，哥，爸，快吃吧！"刘擎起身涮菜，"明天我让你们尝尝我的手艺，今晚不许剩菜……"

接下来的日子，刘擎都在忙碌中度过。越是临近春节，火锅店的生意越火爆，从中午到晚上，翻台率极高，外面还排起了长队。切肉、洗菜、维护队伍的秩序……刘擎一一做了个遍。

刘宏发不舍得女儿放假还这么累，但刘擎坚持要去帮忙，加上刘龙拍着胸口说，过年一定给刘擎发大红包，刘宏发才同意下来。

除夕，火锅店贴上了放假通知，刘擎跟着刘龙和刘宏发开车回到潮西县的家里过年。

以前还没在外面住的时候，刘擎偶尔还会嫌家里的长辈唠叨，恨不得立马搬出去住。可真正离开家之后，她就发现，外面的饭菜永远没有家里的香，床也没有家里的软……

她拿出早早放进背包里的贺卡给家里人看，这是孩子们在"向日葵"的活动中心给社工们亲手制作的节日贺卡，虽然上面的祝福语语气笨拙，还有错别字，但她的爸妈都抢着要看，边看边夸女儿长大了，把孤独留守的孩子们教得乖巧又懂事。

刘擎听得眼睛湿湿的，找了个借口走开，去天台吹风。外面不断响起鞭炮声，还有人放烟花，她录了个烟花的视频分享到微信群里，然后开始给相熟的同事打拜年电话——

"新会，新年快乐！你那边好吵……要帮亲戚带小孩啊？也太惨了呵呵……"

"瑞虹，新年快乐……你在家还要写报告呢？记得吃饭啊……谢谢，你也是！"

"……"

打了一圈电话下来，刘擎正想给苏映红打电话时，对方的电话就打过来了，她直接点了接听："苏主任，新年快乐，我正准备给你拜年呢。"

"新年快乐，刘擎，和家里人吃饭了吗？"

"刚刚吃完，苏主任，你吃了吗？"

"我还没空吃……"电话那头的苏映红嗫嚅着,"那个,蔡浩然有没有给你打过电话?"

"没有,他应该也不知道我的电话号码吧。两兄弟在姨妈家过得怎么样,有消息吗?"

"嗯……那家人对那两兄弟挺好的,我之前去看了,给他们买了很多东西,吃得也不差。就是今天……没事了,你去过节吧,开开心心的。"说完,苏映红就把电话挂了。

刘擎一头雾水——苏主任为什么会对她欲言又止的?

难道,是那两兄弟出事了?

她忽然警觉起来,想回拨电话,但打了几次都提示占线中。

除夕夜,两个未成年的小孩子在亲戚家过年,会不会因为思念家人,然后离家出走……

刘擎越想越怕,慌忙翻看手机的通讯录,想找到一个能替她解惑的人。

她翻到了一个叫"邱宜阳"的人,点开备注一看,想起来是之前跟肖可为一起吃饭的时候认识的,他跟肖可为都是潮东县缉毒大队的成员,只不过肖可为是行动组的,邱宜阳是信息组的。重点抓捕蔡三金的计划开始后,两人常驻全营镇。

对了,邱宜阳跟苏映红也认识,因为他一个牺牲的兄弟就是苏映红的前夫!

她试着给邱宜阳打电话:"喂……邱警官?"

电话另一边的背景音有些嘈杂："喂？你是……噢噢，阿为的朋友。找我有什么事吗？"

她咽了口唾沫："我负责的一个孩子蔡浩然好像出了什么事，他爸是在逃毒贩蔡三金，你了解情况吗？"

"这个……"邱宜阳有些犹豫。

"拜托你了，邱警官！"刘擎语气焦急，"刚才苏主任打电话给我，问我蔡浩然有没有给我打过电话，我感觉肯定是出事了才会这么说。请不要瞒着我，或许，我能帮上什么忙……"

邱宜阳正在开车，他稍稍放慢了车速，说："唉，我也是刚刚接到消息，正在开车往那边赶。嫂子今晚去蔡浩然的姨妈家送礼物，可到了那里后，那家人才发现蔡浩然和他养的狗都不见了，只有弟弟蔡浩杰一个人在房间里。"

"蔡浩然平时很照顾弟弟的，如果他下决心要离开，应该不会不管弟弟。"刘擎思考着，"他会不会只是想回陆远村，找以前的小伙伴玩呢？"

"嫂子也这么想过。可是那孩子姨妈家在大冲镇，去全营镇即使开车都要两个小时……我已经跟当地派出所的同志打过招呼了，等我到了就跟他们一起找。你也别太担心，说不定他只是跟小狗去附近玩了，玩累了就会回去。等找到人了，我会通知你。"

"好的好的，谢谢你……"

放下电话，刘擎没心思去客厅和家里人一起看电视了，于是回到自己的房间里。

她忍不住在和王新会、赵瑞虹三人组成的小群里说了蔡浩然失踪的事，王新会说："那我们今晚注意着别关手机，万一蔡浩然记下了谁的电话求助，我们还能及时救人。"

赵瑞虹说："我这边已经忙完了，要是有需要帮忙的，随时喊我！"

过了一会儿，王新会往群里发了一张照片，是对着电视机拍的，县电视台滚动播放了蔡浩然失踪的事："不知道是谁找了电视台的人帮忙报道寻人启事，我猜是苏主任，记得她说过，在电视台有认识的朋友。"

"但愿知道消息的人越多，就能越快找到蔡浩然。"

"我已经在一些社交平台发帖了。"

"我也是！我还联系了电台热线……"

三人七嘴八舌地聊了很久，刘擎抱着手机，迷迷糊糊地睡着了。但因为心里惦记着蔡浩然，睡得不深，还断断续续地做起了噩梦。五点的时候，她被来电铃声彻底吵醒了，拿起手机一看，是王新会打的。

"喂？新会，是有消息了吗？"

"没呢，我到你家楼下了，你快换衣服下来，我们一起去找蔡浩然。"

"什么?! 你怎么知道我家地址？"

"哈哈，睡傻了吧，前阵子聊天，你还在群里发了你家地址，喊我和瑞虹去你家玩呢！"

"噢噢，是耶！"刘擎不好意思地挠了挠头发，"等几分钟，我收拾收拾就下去。"

刘擎急匆匆地跑去洗漱、换衣服，经过客厅的时候，她瞥见柜子里放着自热米饭和矿泉水，顺手拿起来塞进背包里——万一真的找到蔡浩然了，那小孩饿了一晚上，一定很难受，给他吃点充充饥也好。

一切准备完毕，刘擎换上皮靴，"噔噔噔"地下了楼。她一推门，就看见家门前的空地上停着一辆汽车，走过去轻轻敲了敲车窗，"啪"，驾驶座旁的车窗放了下来，露出王新会精神奕奕的脸，副驾驶座上则坐着赵瑞虹。

"你坐后排吧，我还带了些零食，也放在后排，随便吃。"王新会说。

刘擎麻利地钻进车里，坐好，关上门，随手抓起一包零食，撕开吃了起来："本来不饿，只是困，现在倒是饿了。"

赵瑞虹扭头笑了笑："刘擎，你昨晚几点睡的呀？"

刘擎想了想："十一点多？零点？不记得了，应该在我不回群消息没多久就睡着了。"

王新会用手机调整着导航："我和瑞虹见你不吱声了，猜到你是睡着了，就转为私聊。聊了一通宵，心想反正也不睡了，干脆出去找蔡浩然。瑞虹家离我家不算远，我先去接的她，再来接你。"

"唉，其实我都没睡好，因为心里老想着那'小恶魔'，等找到他了，一定狠狠批评他一顿！"刘擎说。

"我在家待着也是闲着，去拜年还要被催婚，烦死了。"赵瑞虹说。

"我估计那小屁孩走不远，他对白花山不熟，那里又不是陆远村，也许现在他正坐在某棵树下，哭着等大人找他呢。"王新会说。

刘擎用手机刷着有关蔡浩然失踪的新闻报道，突然想到了什么，给苏映红发去了消息："苏主任，我和新会、瑞虹正在去白花山的路上，想一起去找蔡浩然，你在哪里？我们先去跟你会合，再分头去找吧。"

苏映红的消息很快回了过来："天哪，你们起这么早？是因为看到新闻了吗？"

刘擎回复："是啊，我焦虑得没睡好，新会和瑞虹直接通宵了，于是就商量去白花山找人了。"

过了几分钟，苏映红回复："我本来不想打扰你们过节的……既然你们主动来了，那就给你们发地址吧，这是蔡浩然的姨妈家，路口有个'丰收农庄'的标识牌，你们到了路口往左拐……"

"好的，苏主任，我们到了就给你打电话……"

天边透出淡淡的蓝灰色，六点了，一辆白色的汽车在高速上疾驰着，车内的三个女生顶着黑眼圈聊着天，精神抖擞，没有半点疲惫之态。

此时她们的心中只有一个念头：找到蔡浩然！

一个衣服破旧的男人骑着自行车在山路上前行着——他，就是蔡三金。

他的计划已经进行了 50%，如果没有意外，本应顺利快进到 100%。

两个孩子离开了看守严密的陆远村，到了叶佩华的姐姐家，而他留守的阵地也转移到了白花山里。他扮成了旅居的背包客，背着一个大双肩包在周边骑行，这种崇尚自由的人现在有很多，大家见怪不怪。他耐心地在丰收农庄附近观察着、等待着，几日前，终于等到了和两个孩子秘密见面的机会。

小儿子蔡浩杰对他的出现非常高兴，一见到他，就扑进他的怀里撒娇。

令他意外的是，他曾经寄予厚望的大儿子蔡浩然，对他的出现并不激动，甚至有些冷漠。

他说，他要带他们走。

蔡浩杰立刻答应了，蔡浩然则不假思索地拒绝了。

"为什么？"蔡三金急切地说，"妈妈和奶奶都不在了，现在只剩下我们相依为命了！爸爸不管经历多少困难都要和你们在一起，到时候带你们到国外，让你们上最好的国际学校，接受最好的教育。留在这里，还会被没见过世面的人看不起，这滋味好受？"

蔡浩然双手叉腰，昂起头："擎天柱老师说过，看不起我们的人，最有资格被我们看不起，因为每个人都是平等的，当一个人看不起别人的时候，他自己的人格就降低了。只要内心足够强大，就不用在意别人的目光。"

"儿子啊，这种冠冕堂皇的话是怎么骗到你的？你以前的聪明劲跑哪里去了？"蔡三金又气又急，"别人对你好、说好话给你听，是为了抓我。我们要离那种人远远的，只有爸爸才是最爱你、最关心你的。"

蔡浩杰点头如捣蒜，蔡浩然则板着脸，对自己的亲生父亲下了"逐客令"："你赶紧走吧，万一被人发现了，你就惨了。"

蔡三金愣住了，蔡浩然又说："你是我爸爸，所以我不会举报你。"

"浩然……"蔡三金内心感到深深的失望，有人过来了，他低声说道，"下一次，爸爸会准备充分再过来，到时候，我们就真的要出发了。"

…………

蔡三金骑着车，眼角渗出泪水，他想起了老婆，想起了母亲，还有自己风光打拼的岁月，以及那些一路跟随着自己的兄弟……一张张面孔在眼前消失，再也见不到了……

该疏通的渠道他都毫不吝啬地疏通了，除开留意警方的动向，就只剩下把两个孩子接走了。没想到，最新出现的意外居然是自己的大儿子蔡浩然——他在饭店吃饭的时候，看到电视上播放的寻人启事，把他惊得筷子都掉了。

他草草吃完碗里的饭菜，然后付钱离开，骑上自行车，冲进漆黑的夜。

天亮了，王新会把车停在丰收农庄的空地上，然后和刘擎、赵瑞虹走下车，等苏映红回来。

刘擎在距离目的地还有十多分钟的时候给苏映红打了电话，苏映红还在跟其他人搜寻着蔡浩然的踪迹，接到电话后，表示马上往回赶。

三人等了一会儿，见到了满脸疲惫的苏映红，她的裤腿上全是泥土，脸上也流了许多汗。

赵瑞虹给苏映红递纸巾擦汗，苏映红露出淡淡的笑意："来啦，辛苦你们了。"

王新会说："蔡浩然是'向日葵'的孩子，他失踪了，我们肯定得来。"

赵瑞虹说："苏主任，你布置任务吧，人多力量大，肯定能把那孩子找回来！"

苏映红擦了擦汗，说："先进去坐坐吧，他姨妈把家里的备用钥匙给我了，我也进去喝杯水歇一歇。"

苏映红开了门，刘擎跟在后面问："苏主任，蔡浩然不见了，那蔡浩杰也跟着去找人了吗？"

苏映红在茶几前倒水，指了指屋里其中一个房间："他在房间里呢，我们让他在姨妈家乖乖待着等消息，怕带他出去，又走丢一个。"

"有道理。"王新会坐了下来，打开背包对苏映红说，"看，苏主任，我把无人机也带来了，原本是打算拍一下老家的过节氛围，没想到今天派上用场了。"

苏映红朝王新会竖起大拇指："太好了，有了无人机，找起人来就方便多了。"

刘擎朝蔡浩杰待的房间走去："我去跟浩杰聊聊。"

她敲了敲门，里面响起一阵懒洋洋的拖鞋着地声，门打开了，露出蔡浩杰圆圆的小脸蛋。

蔡浩杰眼睛一亮："擎天柱，你怎么来了？"

"苏老师都来了，我当然也得来啊。"

"哦！进来吧。"蔡浩杰转身坐回床上。

刘擎走进房间，关上门，打量着周围："看得出姨妈很疼你们啊，架上摆了这么多书和玩具。"

"还行吧，没有我们家大。"蔡浩杰撇撇嘴。

"你哥哥这次的表现太不乖了，本来做哥哥的应该成熟稳重才对，没想到，他一冲动就不考虑后果……"刘擎故意拐着弯套话，测试蔡浩杰的反应。

"不是的，哥哥也是想了很久才下决心走的。"蔡浩杰支支吾吾地解释。

"想了很久还不带上你！一个人出去玩，这人真是……"刘擎继续假意指责。

"我哥才不是去玩呢！"蔡浩杰反驳道，"我们一点也不喜欢这里，这里没有陆远好。"

"这里挺好的啊，有果树，有茶树，有鸡，有牛，能带'闪电'玩的地方更多了，每天醒来都能看见美丽的大山，吹着凉爽的山风……这环境，我都想搬来住呢。"

"嗤！那是你的想法，不是我们的想法。"

"那你说说，陆远有什么好的，别以为我不知道，在陆远的时候，你经常跟蔡家康、林小全打架呢。"

"在陆远有蔡家康、林小全等好多好多的好朋友，在这里，我们一个朋友都没有！而且，这里的同学不欢迎我们，因为他们家都没人做'猪肉'，只有我们家以前是做'猪肉'的，他们都躲得远远的不跟我们玩……"

刘擎听出蔡浩杰心里的委屈，她上前摸了摸对方的脸蛋，问："既然你们两个在这里过得都不快乐，为什么哥哥要一个人走掉，不带你呢？"

蔡浩杰低头咬了咬嘴唇："昨天是除夕，山上有很多坟，很多人来给死去的亲人烧纸钱。哥哥怕妈妈和奶奶在下面没钱花会被其他鬼欺负，所以他要回陆远烧纸钱给妈妈和奶奶。"

刘擎点点头："这是小事呀，你们可以直接跟姨妈说，让姨妈开车送你们回陆远，快的话，不到两小时车程就到啦。"

"姨妈家的生意好忙的，昨天他们忙到很晚，哥哥就是趁他们在外面忙的时候，偷偷带'闪电'走的。"

"那你为什么不跟着去？"

"我不去！我跟他吵架了。"

"你不同意哥哥回陆远是吧？也对，这么远的路，多危险，你的想法是对的。"

"嗯，太远了，我们要走很久很久，而且，还会耽误更重要的事！"

"有什么重要的事呀？"

"妈妈和奶奶虽然都是我们的亲人，但是她们已经死了，跟死人相比，活人更重要。"

刘擎感觉蔡浩杰说这话的语气老气横秋的，不像是一个小孩子会说的话，她想到了蔡三金："这句话是爸爸说的吗？"

蔡浩杰得意地说："是啊，我觉得很有道理。要不是我哥，我现在，哼……"

刘擎火速把逻辑理了一遍，发现了问题，于是继续套话："浩杰，你说的重要的事，是过年可以拿压岁钱吗？"

"嗾，我和我哥以前拿的压岁钱，都是成千上万块的，谁稀罕普通人给的几百块压岁钱。"

"哦，那重要的事是指什么呢？"

蔡浩杰没有直接回答，反问："擎天柱老师，春节最重要的是什么？"

刘擎一愣，脑子里自动蹦出四个字——阖家团圆。

她拍了拍蔡浩杰的肩膀，离开了房间。

回到客厅，刘擎见邱宜阳来了，急忙把他拉到一边，低声说："蔡三金来白花山了，大概率还没走。他要接两个孩子一起走，蔡浩杰愿意，蔡浩然不愿意，两兄弟因为这件事有了分歧，所以吵架了。再加上蔡浩然失踪的新闻播了一晚上，蔡三金更不可能现在离开，也许他正忙着找孩子呢。"

邱宜阳大吃一惊："蔡浩杰告诉你的？"

刘擎点点头："我根据他的话分析出的。还有，昨天蔡浩然离家出走的原因是要回陆远给妈妈和奶奶烧纸钱，他一个人没有车坐，对这座山也不熟悉，在附近仔细找找，应该能找到迷路的他。我同事新会带了一架无人机，但不够用……"

邱宜阳立刻听出刘擎的意思："行，我马上跟陈副局长汇报，申请加派警力，展开抓捕行动，并动用所有无人机在这一带搜查。我再留两个兄弟在农庄这边看守，万一蔡三金想过来带走蔡浩杰，我们还有机会抓住他。"

"好的，辛苦你们了。"

说完，刘擎去找苏映红商量刚刚谈话的内容，苏映红听完，神色凝重："那我们得加快速度了，要赶在蔡三金之前找到蔡浩然。新会，我坐你的车，我们上大路找；刘擎，你骑外面停的那辆摩托车吧，在小路上找；瑞虹，你跟着邱警官一起找，你也见过蔡浩然，帮忙认人。"

天完全亮了，白花山上的人分头找着，同时，二十架无人机在山林上空飞行，分区域搜寻。

邱宜阳专心盯着无人机上返回的拍摄视频，突然，他好像看到了一个人影。

他让无人机贴着树冠低飞，这次拍到了更清晰的影像：是一条狗，体形跟苏映红给他看过的"闪电"的照片十分相似。

"刘擎，刘擎，无人机在四号茶园东边的小路上拍到了蔡浩然的狗，他本人应该也在那边，你过去看看吧，我跟同事也尽快赶过去。"

"好，我在三号茶园附近，离四号应该不远，我马上过去。"

刘擎挂了电话，查了一下手机地图上四号茶园的位置，按照导航开了过去。

十多分钟后。

"汪汪汪！"

狗叫声？

刘擎惊喜地循着声音去找，果然，在密林中找到了一脸疲态的蔡浩然，看这模样，他明显是通宵赶路了。

"蔡浩然！"

"谁……啊！擎天柱！"

虽然一路上找得很累，但在看到蔡浩然的那一刻，刘擎瞬间就消气了，她拿出小毛毯盖在蔡浩然身上："饿了吧？"

蔡浩然拉开背包上的拉链，里面装了满满当当的食物：烧鸡、卤肉、辣条……

刘擎哭笑不得："嘿，我还以为你会饿得肚子咕咕叫呢，没想到你带的东西比我带的还多啊！"

蔡浩然笑了起来，塞了一袋辣条到刘擎手里，刘擎从自己的包里拿出一盒自热米饭，倒水加热："这个倒点水就能加热，你带的那些肉也能放里面一起热了，我们吃完就回去。"

蔡浩然有些不好意思地问："擎天柱，你怎么不骂我啊？"

刘擎捏了捏他的脸："想看望妈妈和奶奶是没有错的，我怎么会骂你呢。"

一颗接一颗的泪珠从蔡浩然的眼里涌出。

刘擎搂着他，轻声说："我也挺想蔡奶奶的，我还记得在陆远时，我吃过她做的饭，真好吃……"

蔡浩然哽咽着点头。

自热米饭好了，刘擎端到一块平整的石头上，给蔡浩然舀着吃。

"好吃吗？"

"不好吃！"

"是啊，这野外应急的速食肯定不好吃，还是家里的饭菜好吃。"

"对对对！"

"浩然，你是不是不想在白花山住了，觉得这里没有朋友，和学校的老师、同学也不熟悉？"

"是！我跟弟弟都很想念陆远，那里才是我们的家……"

"那如果老师帮你们回陆远呢？"

"可以吗？"

"当然，监护人是可以换的，村委会的叔叔阿姨可以做你们的监护人，'向日葵'的老师也可以做你们的监护人，等你到了十八岁，成年了，你还能做弟弟的监护人……"

蔡浩然的眼睛亮了："老师，我想回陆远！"

刘擎拿纸巾帮蔡浩然擦眼泪："好，等回去了，我就带着你找苏老师和你姨妈商量再次转学的事，你很快就要在镇中学上学了，到时去'向日葵'玩就更方便了。"

"陈森说，'向日葵'前阵子组织去瓷器厂做手工，他还捏了一个杯子送给我，我太想'向日葵'了，我想和陈森一起做手工……"

"你们两个真是，一时打架、一时好兄弟，哈哈。"刘擎把地上的食品包装放进垃圾袋里，"陈森奶奶做的牛杂可好吃了，你吃过没？"

"吃过，陈森请我吃了几次，超级好吃！"说着，蔡浩然舔了舔嘴唇。

"那我们先回姨妈家，昨晚姨妈一家人都快急死了，和警察通宵找你。你要给姨妈一家好好道歉，给警察们还有苏老师等老师道歉，知道吗？然后呢，我再陪你回陆远给妈妈和奶奶烧纸钱；再然后，就带你去找陈森玩，一起吃牛杂……"

"老师，我错了，我不应该偷跑出来让大家担心的，最起码，我应该留个纸条，告诉他们我想去哪儿，干什么……"

"你要是直接跟姨妈说，你想回陆远给妈妈和奶奶烧纸钱，他们肯定会同意的。"

"我知道他们会同意，但是，我不想麻烦他们，他们每天都很累、很辛苦，要干很多农活。"

"我明白了，你想自己的问题自己解决，但因为对山路不熟悉，所以迷路了，对吗？"

"对，晚上的山路跟白天的山路不一样，我走着走着，就迷路了……不过，还有另外一个原因，就是爸爸……"

刘擎立马紧张起来："你爸爸怎么了？"

蔡浩然吃饱了，用衣服擦了擦嘴，说："爸爸要带我们走，我不想跟他走，他之前做的是坏事，是村民口中的大坏蛋，我要是跟他走，我也成坏蛋了。而且，而且……"

蔡浩然的声音越来越小，刘擎提醒道："而且什么？浩然，我也是你的朋友，有什么想法都可以大胆跟我说。"

蔡浩然想了想，终于鼓起勇气说了出来："而且，我不想爸爸被抓，他回来的话，很容易就会被抓到，虽然他做坏事了，但他也是我的爸爸。"

刘擎暗地高兴起来——蔡浩然变了，以前他不觉得蔡三金做的事有什么不妥，现在，他知道那是"坏事"，是不正确的，自己也表明了不愿跟爸爸做同样的事。

她摸了摸蔡浩然的脑袋，说："对，蔡三金是逃犯，也是你的爸爸，不管你有没有举报他，我都不会做出任何评价。你已经是个小大人了，会为自己的每一个选择负责。"

"每一个选择……"蔡浩然若有所思地重复着。

"汪汪！汪汪汪！"

和狗叫声一起传来的，还有人走路的脚步声。

蔡浩然扭头看去："'闪电'，你叫什么啊！"

此时此刻，蔡浩然最熟悉的亲人就站在"闪电"面前——他的爸爸，蔡三金。

"爸爸，你怎么找到这里的……"蔡浩然惊讶地站了起来。

"父子心连心，我当然能找到你了。"蔡三金扯出一抹笑，看到儿子身后的刘擎，收起笑容，"今天该出发了，儿子。"

刘擎警惕地搂着蔡浩然的肩膀："蔡三金，你想干什么?!"

蔡三金大声喊道："儿子，过来!"

蔡浩然没有动。

蔡三金怒了："我是你爸! 她是你什么人?"

"她是我的老师!"

"老师能比得上爸爸在你心中的地位吗?!"

"不能，但是……"

"但是什么?"压抑多日的愤恨让蔡三金失去了理智，他掏出一把枪，枪口对准刘擎："快过来，不然我就杀了她!"

蔡浩然吓蒙了，他拉着刘擎的衣摆，颤声说："爸爸，你为什么把枪对着我这边，你以前不是这样的，呜呜……"

见自己的儿子哭了，蔡三金垂下拿枪的手，稍稍缓和了语气："乖儿子，别哭，是你老师太可恶了，她离间我们父子之间的感情!"

"没有! 她没有说过你的坏话!"蔡浩然带着哭腔吼回去。

"那你就跟我走! 她继续做她的老师，我们过我们的好日子。"

"爸爸，你带弟弟走吧，他愿意跟你走，我不走。"

蔡三金简直要气炸了："你说什么？你再说一遍！我冒着生命危险回来，你却告诉我，你不走？"

刘擎小声安慰了蔡浩然几句，抬头对蔡三金说："你虽然是他的爸爸，但不是他本人，孩子心中真实的想法，你听过吗？"

"啊——"蔡三金大叫一声，热泪滚滚落下，"儿子，爸爸跟唐僧一样，历经九九八十一难，把所有路都铺好了，要是不带你走，我对得起你妈，对得起你奶奶吗？"

"我不知道妈妈和奶奶在想什么，我只知道，她们都希望我过得开心，"蔡浩然吸了吸鼻子，"爸爸，你现在让我很不开心，我讨厌你这个样子！"

蔡三金双目圆睁，握紧了枪："儿子，这是你逼我的。"

"乓"的一声响起，旁边的"闪电"来不及跑开，被一枪打中，倒在了地上。它看着蔡浩然的方向呜咽着，鲜血从它的体内流出。

蔡三金又把枪口对准刘擎，咬牙切齿地说："我是认真的，这一次，打的就是你老师了——快说，跟不跟我走？"

蔡浩然跪在地上大声哭泣："呜呜……我不要爸爸了……呜呜……爸爸是坏蛋，爸爸最坏了……"

蔡浩然的话让蔡三金彻底崩溃了，他撕心裂肺地叫了好几声，朝天开枪，把弹匣里的子弹打空了。

警笛声在接近——

蔡浩然哽咽着喊道："爸爸，快跑！快跑啊！"

蔡三金红着眼睛看了儿子最后一眼……

当警车到来时，蔡三金已经不见了踪影。

刘擎紧紧抱着蔡浩然，两个人的脸上满是泪水。

邱宜阳检查了一圈，向后面赶来的陈副局长报告："陈副局长，蔡三金跑了，所幸刘擎和蔡浩然都没事。"

陈副局长松了口气，拿起对讲机布置任务："全力搜捕逃犯蔡三金！以白花山四号茶园为中心，全力搜捕！"

邱宜阳开车将刘擎和蔡浩然送往安全地带，山林间，响起了"乓、乓"的枪声……

翌日。

刘擎、王新会、赵瑞虹陪蔡浩然去陆远村的荔枝林中烧纸祭拜。四人走出树林时，只见晴空万里，柔和的春风拂过脸庞。

赵瑞虹看着天空感叹："向日葵永远向着太阳，我们沐浴着阳光，向上生长。"

王新会一手搂着刘擎，一手搂着赵瑞虹，说："流过泪的眼睛更明亮，受过伤的心灵更坚强！我们将来都会好好的！"

"是啊，一切都会越来越好！"

刘擎看看她们，又看了看蔡浩然，阳光打在大家的脸上，映出温暖而坚定的光芒。

那道光穿透了时间的尘埃，照亮了每个人的心灵。

周小钦送的摩托车停在路边，刘擎坐上去，拍了拍后座："蔡浩然，上来，我带你去兜风。"

"来啦！"蔡浩然小跑着过去。

刘擎欢呼着启动摩托车，蔡浩然坐在后面，问："老师，你以后要做什么？"

"我要考试！"

"什么考试？"

"社工证的考试，这个证是社会工作的专业水平和能力的体现。"

"听不懂，反正就是显得你更厉害了是吧。对了，我攒了很多葵花子，我可以种向日葵吗？"

"可以！我让蔡主任给我们找一块地，你还可以叫上别的小伙伴，大家一起种，种好多好多漂亮的向日葵。"

"嘻嘻，我以后要跟向日葵一样，向着太阳，不怕黑暗！"

"浩然，阳光就在我们的心中哦。"

摩托车沿着美丽的海岸线行驶着，海浪拍打着礁石，满载货物的轮船穿梭于繁忙的港口，船员们忙碌的身影与欢声笑语交织在一起，诉说着平凡的美好……

（全书完）